Gerwine Ogbuagu

Lichtläufer

Roman

chiliverlag

Zuletzt im chiliverlag erschienen:
Jetzt anders! – Ein Lesebuch voller Vielfalt und für Toleranz, 2014
Brombeerrausch – raja chili: HOT! Erotikanthologie, 2014
DEUS IUDEX MEUS – Nur Gott ist mein Richter, Ralf Seeger, 2014
Akte 7 – Anatomie des Übels, Franziska Dannheim, 2014
Wut, Mut & Herz-Tattoos, Bühnentexte von Michel Pauwels, 2014
nacktschmecken (FSK) – Erotische Geschichten, Maria Mariposa, 2014
Glasaugenstern – 101 Gedichte von Alex Dreppec, 2015
Strohblumenstörung – Politische Dichtung der Gegenwart, 2015
Vorübergehend nicht erreichbar – Über Kontaktabbrüche zwischen
Kindern und Eltern, 2015
PSYCHONYMOUS – Vergeltung, Kurzgeschichten, 2015
Chili Chicken – Satiren und Grotesken, Anant Kumar, 2015
suchtraum – Roman, Sandra Stubbe, 2015
PSYCHONYMOUS – Verzogen, Kurzgeschichten, 2015

1. Auflage Juli 2015
(c) chiliverlag, Franziska Röchter, Verl
franchili / 27
Die Rechte an den einzelnen Abbildungen und Texten liegen beim
Autor.
Detaillierte bibliographische Daten sind unter http://dnb.ddb.de bei
der Deutschen Nationalbibliographie abrufbar.

Lektorat, Gestaltung, Layout: chiliverlag
Rohmaterial für das Cover:
Gerwine Ogbuagu, Nkwachukwu Ogbuagu

ISBN 978-3-943292-29-9   www.chiliverlag.de

This book
I dedicate to
my beloved husband
Nkwachukwu Ogbuagu

Erklärung

Ich versichere ausdrücklich, dass alle Personen,
außer den geschichtlich belegten, und Dialoge
frei erfunden sind. Ähnlichkeiten sind rein zu-
fällig. Die Namen von historischen Personen
und Stätten, Bezeichnungen von Göttern und
Göttinnen, sind alle in der Literatur
dokumentiert.

Gerwine Ogbuagu

Inhalt

3 Gewitter

Adelana	genannt Adela, älteste Tochter des Priesters im Dorf
Tura	Adelas Hündin
Adebimpe	ihre Mutter, eine Händlerin, auch Mama Adela genannt. Die Mütter werden nach ihren Erstgeborenen genannt, eine Respektsbezeugung.
Fasanmi	ihr Vater, ein Priester der Yoruba Religion Ifa. Er ist ein Heiler, bei den Yoruba Babalawo genannt, sein Name bedeutet: „Ifa is good to me" (Ifa, das Orakel, ist gut zu mir).
Adebanke	Adelas kleiner Bruder
Adetola	Adelas erste Schwester
Folasade	Adelas zweite Schwester
Morenike (Nike)	Adelas beste Freundin
Mama Morenike	ihre Mutter
Wale	Morenikes Bräutigam
Olagoke	Sohn des Schatzmeisters des Königs, er und Adela sollen nach dem Willen beider Eltern heiraten („Status ascends")
Olufemi	Adelas heimlicher Liebster, ein Trommler („Gott liebt mich")
Olaitan	Olufemis Vater, Besitzer von Kühen und Ziegen
Kofo	Olufemis Mutter, eine Händlerin

Mama Serafina	nimmt Adela und Tura nach ihrer Flucht auf
Baba Oluwole	ihr Ehemann
Mama Keffi	(ihr Vorname ist Alika) sie pflegt den verwundeten Olagoke in den Bergen, wohin sie sich für eine Weile zurückgezogen hat.
Abiodun	Der Dorfpriester, Heiler (Babalawo) und Arzt
Imade	
Afolabi	eine Waise, von Babalawo Abiodun als Nichte angenommen, Abioduns (Babalawo) Neffe

Die Yorubanamen mit der Silbe „Ade" (Krone) deuten auf eine Verbindung zum Königshaus hin, wie entfernt oder nah auch immer. Die Vorsilbe „Olu" bedeutet *Gott*, die Silbe „Ola" *alles, das gut ist* und *schön, reich* und *von Vorteil*.

1

Blitze

Unruhiger Morgen

Sie läuft und läuft. Eine Gejagte. Durch dichte feuchte Wälder, auf sandigen Pfaden, springt über Wurzeln. Tura, ihre Hündin, hechelnd an ihrer Seite. Sie blickt sich nicht um, wie in Trance läuft sie um ihr Leben. Sie fühlt keinen Schmerz, keine Müdigkeit, nur eines weiß sie: Vorwärts muss sie, nichts als vorwärts, das Grauen hinter sich lassen, das Herzweh, die Sehnsucht, die Jagd auf Menschen, das Netz, das sich in wilder Geschwindigkeit hinter ihr her bewegt, das sich um sie schlingen will, das gnadenlos einschnürende Netz ...

Adela kniet nieder, ihre blasse Stirn berührt fast den gestampften Lehmboden im halbdunklen Raum. Hier, im Gebetshaus ihres Vaters, fühlt sie sich vor den Bildern der Nacht sicherer, die sie immer noch gefangen halten. Dennoch, das Gewirr der bösen Vorahnungen, glatt und schlüpfrig wie die Lianen im Wald, will ihr den Atem nehmen, ihre Kehle eindrücken, ihren Körper umschlingen. Sie hat sich in ein rot-braunes Kleid gewickelt, es ist morgens sehr kühl. Ein Schultertuch wärmt sie. Ihre vier dicken Zöpfe bedeckt ein blaues Tuch. Ihre schmalen Hände nehmen die Orakelkette vom Opon Ifa[1] Tablett ihres Vaters hoch, liebkosen die weiche, glatte, schwarzglänzende Oberfläche der Kerne, schütteln sie, werfen sie auf das runde, geschnitzte Tablett. Achtmal wiederholt sie, dabei Gebete murmelnd, sie wiegt ihren Körper nach vorn und zurück, nach vorn und zurück, betrachtet die Formation der Kerne. *Orunmila[2], hilf mir, Oya[3], steh mir bei*, fleht sie zum Gott des Orakels und der Göttin, die die Frauen beschützt.

Es ist dämmerig in dem Gebetshaus, viele im Dorf schlafen noch. An den Wänden entlang sind Kalebassen aufgestapelt, Bastkörbe beherbergen unzählige Gegenstände unter ihren Deckeln: Schmuckketten, verschiedene getrocknete Kräuter, Lederschnüre, Holzstücke aus Sandelholz, und vieles mehr. Besonders das Sandelholz liebt Adela, den Duft, die Farbe, die sie daraus gewinnt, ein warmes Braun, und die Nähe zu Osun, ihrer Lieblingsgöttin, die Göttin der Frauen und Kinder. Die Hähne haben noch nicht gekräht. Sie nimmt sich diese Freiheit, in das Refugium ihres Vaters einzudringen, in das Praktizieren der Ifa Religion. In der Ferne meckern die Ziegen, das Zicklein ruft nach seiner Mutter. Tura erhebt sich, schüttelt sich, sie wartet wie immer ruhig auf ihre Herrin.

„Geh nach Hause, Tura!", versucht Adela ihre Hündin zu bewegen, sie streichelt sie und tatsächlich, Tura wendet sich nach Hause.

„So ist es brav, Tura, sonst fällt es noch auf, wenn du mir so früh am morgen durchs Dorf folgst, du weißt doch, wir wollen lieber schattenhaft sein. Mama fragt sonst noch mehr unnötige Fragen." Tura wedelt heftig, stupst Adela ans Knie und trollt sich davon. *Tura versteht mich, sie ist meine beste Freundin. Ich kann mich auf sie verlassen.*

Die Freundschaft zwischen ihr und Tura hatte bereits begonnen, als Tura noch ein Welpe war. Ein Mann wollte sie umbringen, um sie dem Gott Ogun zu opfern. Adela war dazu gekommen, gerade als er im Wald sein Messer hervorzog, um dem Hund die Kehle durchzuschneiden. Sie bettelte so lange, bis er nachgab, ihr den Hund zu überlassen. Sehr ungewöhnlich war das, aber Adela war überall beliebt, sie bat und bat und kaum jemand wollte ihr etwas abschlagen.

Seitdem waren sie und die Hündin unzertrennlich. Alle respektierten diese Freundschaft. Niemand sonst hatte größeres Interesse an Tieren, aber Adela liebte Tiere und sie setzte sich durch bei ihrer strengen Mutter, der es nicht recht war, wenn Tura vor Adelas Tür schlief. Sie wollte, dass die Hündin ganz draußen blieb. Aber sie hatte schließlich nachgegeben und alle im Dorf hatten sich daran gewöhnt, dass Adela einen Hund so nah an sich heran ließ. Und Tura dankte es ihr mit totaler Ergebenheit.

Adela steht auf, streicht den Sand von den Knien, greift nach dem Tonkrug zum Wasserholen. Sie hat ihn mit hinein genommen. *Bald werden die Hähne krähen und das Dorf erwachen.* Da kräht schon der erste …

Gerade will sie das Haus verlassen, da verdunkelt ein Schatten den Raum noch mehr. Herzklopfen … sie wagt es nicht, aufzublicken. Als ob sie es nicht geahnt hätte. Aber ahnen und es dann wirklich erleben sind zwei Paar Schuhe. Als sie langsam ihren Kopf hebt, trifft ihr Blick ein strahlendes Lächeln, es gibt keine Dämmerung mehr. Er ist hier, Olufemi ist gekommen. Olufemi, Femi, wie sie ihn für sich nennt und wie alle ihn nennen.

Draußen teilt ein schmaler rosa Streifen den wolkenverhangenen Himmel. Sie nimmt ihn wahr, der Tag ist nah. Ihre Beine beginnen zu zittern, sie kann sich kaum aufrecht halten. Er fasst ihre Hand, hält sie fest, augenblicklich wird ihr heiß und kalt. Sie zieht ihre Hand nicht fort. Sie genießt es, seine Hand zu spüren.

„Hab keine Angst", flüstert Femi, „ich bin bei dir."

Sein Gesicht ist nun ernst, fast berühren sich ihre Stirnen. Sie atmet seinen Orangenatem ein, sieht, wie die Ader an seinem Hals pulsiert.

Sie macht sich los, flüstert ihm zu, „später!", nimmt den Krug und geht an ihm vorbei – der Weg zum Fluss, wo die Freundinnen schon auf sie warten, ist weit. Der Wasservorrat ist fast aufgebraucht, die Mütter müssen den Morgenbrei kochen und dann das Essen. Sie muss sich beeilen.

„Es ist dringend, Adela, wann später? Ich muss mit dir reden!" Er fasst ihr Handgelenk fester.

„Heute Nachmittag, in der Koranschule, die ist dann leer, vorher geht es nicht, sonst wird meine Mutter Verdacht schöpfen!"

„Gut, ich werde kommen, bitte warte auf mich!" So

fast unsichtbar, wie er gekommen ist, verschwindet er wieder in der Morgendämmerung.

Wie in Trance geht sie zum Fluss, den leeren Krug in der Hand. Ihre Gedanken rasen. *Wie stelle ich es am besten an, unbemerkt in die Koranschule zu kommen? Mama fragt sowieso schon so viel und scheint etwas zu ahnen. Sie wird nicht locker lassen.*

„Wo warst du so lange? Wasserholen hast du auch schon mal schneller geschafft. Denk nicht, dass deine Umwege mir verborgen bleiben!", tadelt die Mutter, als Adela mit dem schweren Krug auf dem Kopf in den Hof tritt. *Genau, das habe ich mir schon gedacht, dass du fragst.*

Die Mutter hilft ihr, den Krug vom Kopf zu heben, dabei schimpft sie weiter:

„Ich warte doch auf das Wasser, um den Morgenbrei zu kochen, und du weißt es! Ich mache hier alles, ich erwarte von dir, mir mehr bei der Arbeit zu helfen. Ich brauche dich später noch auf dem Markt!" *Adela seufzt. Warum muss ich die Älteste sein? Es ist ein Fluch. Immer nur angetrieben werden.*

Das Feuer zischt, ein dickes langes Holzscheit lodert an der Spitze, die Flammen schlagen hoch. Die Sonne ist verschleiert, trotzdem ist es warm. Adetola, Adelas Schwester, fegt mit dem Reisigbesen um das Haus herum, Folasade und der kleine Adebanke sind nicht zu sehen. Adetola sprenkelt Wasser aus einer kleinen Kalebasse auf den Sand, während sie fegt, damit der Staub nicht so fliegt. Mutter steht jetzt da, die Hände auf die Hüften gestützt.

„Bitte, Mama, tut mir leid, ich bin heute Morgen so müde und viele waren schon an der Wasserstelle. Nike hat mir erzählt, dass heute Abend die Eltern von Wale kommen. Sie soll ihn heiraten. Da konnte ich doch nicht so einfach weglaufen.“

„Adela, was Nike und ihre Eltern tun, interessiert nicht. Jedenfalls jetzt nicht. Wir bekommen übermorgen Besuch. Du weißt, dass der Schatzmeister des Königs eine Verbindung mit uns sucht. Sie verhandeln schon länger mit Vater. Das weißt du doch?“, fragt sie prüfend und schaut Adela an. Die ist ganz rot geworden und dreht sich weg, damit Mama nicht ihre Verlegenheit bemerkt.

„Adela, diese Verbindung ist sehr nützlich für beide Familien. Du musst dich mit dem Gedanken vertraut machen, dass die Hochzeit zustande kommen wird. Deine morgendlichen Besuche im Orakelhaus haben wir lange bemerkt, Adela. Dein Vater hat mich längst gefragt. Du kannst froh sein, dass er nichts sagt, weil er so stolz auf dich ist. Er sieht und weiß alles. Und Mütter haben auch Augen auf dem Rücken[4]. Meine Tochter, das Wohl deiner Familie geht über alles und nichts anderes ist wichtig. Du weißt, ich stehe dir immer bei, aber es gibt auch Grenzen. Du gehst zu oft dorthin, es fällt auf.“ *Alles weißt du auch nicht Mutter, und du wirst es auch nicht erfahren. Oh, Eledumare[5], steh‘ mir bei*, betet Adela, *Osun, verlass‘ mich nicht. Ich ertrage es nicht, wenn sie mir alles verbieten.*

„Adetola, ruf deine Geschwister!“, ruft Mutter der fegenden Adetola zu. „Ich bin gleich fertig mit dem Essen! Das Wasser ist jetzt da!“

Adela bringt den Wasserkrug und die Mutter gießt daraus in das Kochgefäß, dann streut sie das Ogipulver[6] hinein, rührt schnell mit dem langen Rührstab, bis es eine gleichmäßige Masse ergibt, ohne Klumpen, das ist nicht leicht bei der großen Menge Pulver. Es erfordert Kraft und Konzentration.

Adebanke und Folasade sind schon da, so hungrig sind sie. Mutter löffelt Ogi für alle in die kleinen Kalebassen, alle essen ruhig. Als sie fertig sind, laufen sie zurück in ihr Zimmer, das sie teilen, holen ihre Schulsachen und machen sich auf. Sie sind privilegierte Kinder und dürfen jeden morgen zu einem Lehrer gehen, anstatt auf die Farm oder zum Markt. Dort müssen sie nachmittags helfen. Mit einem fröhlichen „odabo"[7] rennen sie davon. Adela räumt gerade die Frühstückskalebassen weg und will sie abwaschen, da ruft ihre Mutter sie schon wieder:

„Siehst du die Orangen dort? Geh gleich zum Markt und fange an, sie auszustellen, bevor ich nachher komme. Beeil dich, wenn du die Erste bist, hast du gute Chancen, sie zu verkaufen, bevor all die anderen mit ihren kommen. Ich habe das Tablett schon gerichtet."

Wortlos geht Adela, holt ihr Tuch, rollt es zusammen und legt es sich auf den Kopf. Sie kann nur noch an Olufemi denken und wie bald sie ihn heute Nachmittag wiedersehen kann. Er geht ihr überhaupt nicht mehr aus dem Kopf. Sie wickelt das gelbe Tuch zusammen, das unter das Tablett gelegt wird, damit es nicht so schwer auf ihren Kopf drückt, und legt es sich auf den Scheitel. Die Mutter hilft ihr, das Tablett hochzuheben und auf den Kopf zu stellen.

„Odabo, Ma", und mit wiegenden Schritten geht sie davon.

Oh, endlich muss ich mir Mutters Zanken nicht mehr anhören. Nie kann sie Ruhe geben. Adela ist so aufgeregt. Alles wegen Femi. Sie blickt suchend nach vorn, dorthin, wo der sandige Weg zum Fluss führt. Es ist schon heiß, wenn auch bedeckt. Immer wieder grollen Donner in der Ferne, aber kein Tropfen fällt vom Himmel. Den Stein auf dem Weg sieht sie nicht, sie stolpert, das Tablett neigt sich gefährlich und viele Orangen kullern zur Seite, schnell den abschüssigen Weg hinunter, in einen Bach. Es ist ein Nebenarm des großen Flusses, von dem alle jeden Morgen Wasser schöpfen. Er ist ziemlich tief.

„Oh, oh, oh, meine Orangen, wohin wollt ihr?", ruft sie verzweifelt, bückt sich schnell, um ihre Früchte einzusammeln. Orangen rollen jetzt vom Weg das abschüssige Ufer herunter, sie überschlagen sich, schneller und schneller, die ersten fallen schon in den Fluss, tanzen auf dem Wasser, die Strömung ist zum Glück langsam, aber nimmt stetig die Orangen mit.

Laut beginnt sie zu singen: „Iss nicht meine Orangen, Mami Water[8] , oh je oh, gib sie mir zurück".

Sie weint jetzt fast, weil sie daran denkt, was ihre Mutter tun wird. Als ob ein Pfeil an ihr vorüberschnellt, wie aus dem Nichts, erscheint plötzlich Femi – und bevor sie versteht, was passiert, schwimmt Femi schon im Fluss. Woher kommt er? Er teilt das Wasser, taucht ein und wieder auf, sie sieht winkende Arme, seine weißen Zähne, er wirft den Kopf nach rechts und links, ein Wassertropfenregen, ein Perlengespinst aus Silber sprüht auf die Wellen.

„Hier, Adela, weine nicht, fang!"

Und eine Orange nach der anderen wirft Femi ihr zu, schnell bückt sie sich, hält sie fest, legt sie auf das Tablett. Gerettet, das Geld der Mutter, sie wird keinen Grund haben, sie zu schelten. Femi schwimmt so lange, bis er ihr alle Früchte zugeworfen hat. Zum Glück sieht sie keine Krokodile im Fluss, auch keine Nilpferde, oh, welchen Mut Femi doch hat. Sie blickt umher. Sie sind allein. Niemand scheint sie beobachtet zu haben.

Femi klettert das Ufer hoch, die Hose klebt an seinen langen starken Beinen, Rinnsale laufen aus seinem Haar auf die Brust. Er lacht. So ein schöner Morgen ist es plötzlich. Er hat Adela zum Lachen gebracht, ihre Tränen sind vergessen. Sie blickt ihn kurz an, dann wieder fort. Sie darf nicht starren, es ist ungehörig, einen Mann anzustarren. Auch wenn sie ihn schon lange kennt. Es fällt so schwer, ihn nicht anzuschauen. So schön ist er, seine lachenden Augen, seine kräftigen Arme, die starken Hände. Hände, die die Trommelfelle der Dun Dun Trommel erklingen lassen können. Die Ohren der Menschen lauschen dann, sie beginnen zu tanzen, sie lassen liegen, was sie tun, sie bewegen die Füße im Rhythmus, die Beine, die Arme, Schultern, Kopf, es tanzt aus ihnen, schlangengleich, wenn Femis Trommelklänge rufen.

Wie oft schon hat sie diesen Klängen gelauscht und

selbst getanzt, sogar in ihren Träumen. Wenn der Regen auf ihr Dach rauscht, erklingt Femis Trommel und erreicht sie in ihrem Traumland, geheimnisvoll durch die Regenwände. Dann gehören Femi und seine Trommel nur ihr, Adela, ihr ganz allein. Sie nähert sich ihm, teilt die Lianen und Gräser, bis sie ihn sehen kann, trommelnd, singend, oh, oh, oh – oh, oh, oh, sie möchte nie mehr aufhören, ihm zuzuhören. Ihr Traum ...

Sie hebt den Kopf, blickt in sein Gesicht.

„Danke, Femi, danke!“, bringt sie heraus.

„Nichts könnte schöner sein, als dich lachen zu sehen, Adela!“, antwortet er.

Sie antwortet nicht, weiß gar nicht, was sie sagen soll. Sie lächelt einfach. Sie blickt sich um, will sicher sein, dass sie beide allein sind.

„Danke Olufemi, du hast mir so geholfen, jetzt muss ich mich sputen, Mama will, dass ich die Orangen schnell verkaufe.“

„Ja, ich muss auch gehen, Adela, ich muss meinem Vater mit den Ziegen helfen, wir haben viele Neugeborene, es ist nicht leicht, auf sie alle aufzupassen. Mein Vater ist unerbittlich, keines darf abends fehlen.“

„Dann geh, Ziegenhirte!“, schneidet eine raue Stimme in ihr Gespräch. „Was machst du hier überhaupt, so früh am Morgen?“

Es ist Olagoke, der Sohn des Schatzmeisters. Er steht herausfordernd da, beide Hände in die Hüften gestützt.

„Wieso, die Straße gehört uns allen, jeder kann hier gehen“ antwortet Olufemi. Er blickt ihn durchdringend an, das ärgert Olagoke noch mehr.

„Ich gehe jetzt“, wirft Adela ein und entfernt sich, so schnell es geht. *Nur weg hier, bevor sie sich noch bekriegen.*

„Lass Adela in Ruhe!“, droht Olagoke jetzt offen.

„Wieso, seit wann ist es verboten, mit ihr zu reden? Sie ist ein freier Mensch wie du und ich. Außerdem waren wir zuerst da.“

„Bald gehört sie mir, du wirst schon sehen“, zischt

Olagoke. „Ich warne dich, du hast nichts mit ihr zu schaffen."

Er dreht sich um und geht davon.

Femi beißt die Zähne zusammen. Dieser Wichtigtuer. Er wird es ihm zeigen. Er hat schon die Gerüchte gehört, dass Olagokes Vater Adelas Eltern besuchen will.

„Komm, Adela, lass mich dir mit dem Tablett helfen!"

Sie ordnet das Tuch auf dem Kopf und er hebt das schwere Tablett mit den Orangen hoch. Zusammen rücken sie das Tablett in der richtigen Balance zurecht.

„Wir sehen uns!", grüßt er zum Abschied. Sie hebt leicht die Hand, nicken kann sie ja nicht mit dem Tablett auf dem Kopf.

Äußerlich ruhig geht er davon. Dunkle Wolken ziehen auf, Sango[9] lässt den Donner grollen, dann zeichnet er zackige grelle Blitze in den bedrohlich bewölkten Himmel.

Freundinnen

Adela beeilt sich, fortzukommen. *Wieder habe ich so viel Zeit verloren. Wieder wird Mutter mir Fragen stellen.* Es ist nicht mehr allzu weit zum Markt. Die Bäume rauschen jetzt im Wind, kleine spiralförmige Staubwolken wirbeln über dem Boden. Kaum jemand ist zu sehen. Der Bach strömt rechts von ihr und links neben der Sandstraße beginnt schon der Wald. Ein lavendelfarbener Himmel leuchtet hinter den Wolken. Sie fühlt sich schutzlos mit ihrem Orangentablett auf dem Kopf, ihren Gedanken an Femi und dem aufkommenden Wind.

„So warte doch, bitte", hört sie hinter sich die Stimme ihrer besten Freundin Nike. Sie dreht sich um. Nike rennt, ihre gemusterte Bluse flattert, ihre vielen kleinen Zöpfe fliegen beim Laufen um den Kopf. Adela bleibt stehen.

„Adela, was ist los, ich sehe dich gar nicht mehr, du bist wie vom Erdboden verschwunden."

„Ach, Nike, wenn du wüsstest, ich bin so unglücklich."

„Warum, Adela, was ist denn?"

„Meine Mutter hat mir vorhin gesagt, dass übermorgen Abend Besuch kommt. Die Eltern von Olagoke. Was soll ich bloß tun? Ich hasse ihn. Vorhin kam er und wollte Olufemi angreifen, als er uns zusammen am Fluss stehen sah."

Sie wischt sich das Gesicht und die Augen. Nike ist erschrocken. So kennt sie ihre Freundin gar nicht.

„Adela, wieso sieht man dich mit Olufemi am Fluss? Wenn Olagokes Eltern dich als seine Frau wollen, kannst du gar nichts tun. Sein Vater ist der Schatzmeister des Königs, er ist ein mächtiger Mann. Die Familie ist reich. Es wird dir dort gut gehen. Keinen Mangel wirst du erleiden."

„Nike, wie kannst du nur so reden, seine Mutter schielt.

Jeder weiß, sie ist die Falschheit in Person, genau wie ihr Sohn. Er läuft jedem Rockzipfel im Dorf hinterher. Wie kann ich mit so einem Mann meine Schlafmatte teilen."

„Adela, du kannst froh sein, dass du die erste Ehefrau sein wirst. Denk doch, wie dich alle noch folgenden Frauen bedienen werden. Du willst doch wohl nicht mit einem Musiker, einem Trommler, dein Leben teilen? Da wartet doch nur Arbeit auf dich, er wird sich keine andere Frau leisten können. Und er wird herumreisen, um den Menschen Vergnügen zu bieten."

„Doch Nike, das will ich. Er wird auch mir Vergnügen bereiten, stundenlang könnte ich ihm zuhören, seinem Gesang und seiner Musik, und ihm dabei zusehen, wie seine Hände die Trommel lieben. Ich werde Olagoke nicht heiraten, komme was will."

„Sag das nicht, Adela, bitte, geh gleich und opfere Osun, der Flussgöttin, dass sie dir gut gesinnt sei, dich schützt und dir reichlich Kindersegen schickt."

„Nike, versprich mir, dass du immer zu mir hältst, nur dir kann ich doch vertrauen!"

„Natürlich, Adela, was denkst du denn?"

Sie umarmt die Freundin und passt auf, dass das Tablett sicher auf Adelas Kopf steht.

„Bitte hör' mir zu, es liegt etwas in der Luft, es sind so ungewöhnliche Bewegungen im Dorf. Die Menschen stehen zusammen und flüstern. Weißt du, was sie erzählen? Ich habe gehört, was meine Mutter ihrer Freundin zugeflüstert hat, damit ich es nicht hören soll!"

„Was ist denn?"

„Du weißt doch, was sie über das Idena Tor in der Stadtmauer sagen? Dieses Tor, das zwei Eingänge hat, einen außen, einen innen? Tag und Nacht beaufsichtigen es Wächter."

„Was meinst du denn?"

„Leute haben beobachtet, dass die Wächter die Strohdächer abgenommen haben – das machen sie nur, wenn sie Angst haben, dass Feuer darauf fallen kann und die

Dächer in Brand setzen. Und wann fällt Feuer auf das Dach? Bei Angriffen!"

Nike holt tief Luft.

„Sie befürchten also etwas ... nicht nur das. Schlimmer noch, meine Mutter hat erzählt, dass es Zeiten gibt, da schließt sich das Tor von selbst, sogar beide, es sind ja zwei, innen und außen. Dann ruft der König seinen Rat zusammen, und genau das ist geschehen. Sie müssen ein Tier opfern, für den Geist des Idena, darum heißen die Tore so, Idena Tore. Das begann, als König Sha regierte, schon lange ist es her. Hast du gestern nicht die Trommeln gehört? Diesen Klang vernimmt man nur, wenn Gefahr droht, du weißt, was ich meine?"

„Ja, ich habe es auch gehört, aber gleich wieder vergessen."

„Ja, weil du nur noch an Olufemi denkst. Adela, ich habe solche Angst. Versprich mir, dass wir immer zusammenhalten werden, immer, Adela."

„Natürlich, Nike, was denkst du denn, ich weiß doch, dass ich nur dir vertrauen kann, du bist doch wie meine Schwester, wie mein eigenes Herz!"

Sie umarmen sich beide fest, so als ob sie sich nie wieder loslassen wollen.

„Odabo, ich muss gehen, meine Mutter befragt mich sowieso andauernd, ich ertrage es nicht mehr lange, Nike, pass gut auf dich auf!"

„Das musst du gerade sagen!", lacht Nike.

„Sei vorsichtig, es gibt überall Augen und jetzt wo es so bedrohlich ist, müssen wir sehr wachsam sein!"

Gedankenverloren geht Nike weiter.

Adela, meine beste Freundin, was ist aus ihr nur geworden? Sie seufzt. Niemand kann sich ungestraft gegen seine Eltern auflehnen. Und mit der Familie des Schatzmeisters legt man sich nicht an. Das kann nichts Gutes bringen. Niemals. Warum kann sie die Ehre nicht annehmen? Sie hätte ein gutes Leben, keine Sorgen und müsste sich nur darum kümmern, viele Söhne zu bekommen. Soll Olagoke doch machen, was er will. *Männer! Sie sind sowieso nur gut dazu, Kinder zu zeugen, am besten Söhne. Wir Frauen wissen doch viel besser, was das Leben ist. Wir können so viel Spaß miteinander haben, und manchmal den Mann auf der Schlafmatte, auch nicht schlecht. Aber doch nicht wichtig. Wichtig ist nur, aus welcher Familie man kommt und dass es einem gut geht. So wie Wale! Klar, ich mag ihn sehr, er ist verrückt nach mir, so soll es sein. Ich lasse ihn zu mir kommen, aber wenn er morgens weggeht, habe ich ihn schon vergessen. Warum kann Adela nicht genauso sein? Sie könnte sich viel Ärger ersparen.*

Adela seufzt auf ihrem Weg. Warum versteht Nike mich nicht? *Ich werde keine schielende Schwiegermutter haben und mich von ihr herumkommandieren lassen. Sie will doch bloß eine bessere Haushaltshilfe. Aber das werde ich nicht sein.* Von Weitem sieht sie schon die Strohdächer des Marktes. Sie seufzte tief. Wenn sie doch bloß heute nicht dort hingehen müsste. Und all die Fragen von Mamas Freundinnen. Alle wussten schon Bescheid, dass Olagoke um sie warb, bevor sie überhaupt eine Ahnung davon bekommen hatte.

Bedrohung

Ein Raunen erfüllt jetzt die Luft, je mehr sie sich dem Markt nähert. Es klingt wie das aufgeregte Summen von Bienen im Bienenstock vor dem Ausschwirren. Sie sieht die Strohdächer, geflochtene Matten auf Holzstangen. Davor die Holztische mit den ausgebreiteten Waren darauf. Gelbe, grüne, rote Früchte und Gemüse, Orangen, Papayas, Bananen, Pfefferschoten, Yamwurzeln, Kassava. Dann die Schüsseln mit brauen Bohnen, Kassavapulver, hinter den Holztischen sitzen die Frauen auf Hockern und warten auf Kunden. Um sie herum spielen Kleinkinder im Sand. Die Babies schlafen auf den Rücken der Mütter.

Mit jedem Schritt, der sie näher bringt, wird es lauter und lauter und so, dass sie sogar einzelne Worte unterscheiden kann. „Hast du gehört ... ein Angriff steht bevor ... Späher haben berichtet, dass sie uns attackieren wollen ... wieder die Fon aus Dahomey. Die Maurer untersuchen unsere große Mauer auf Schwachstellen und die Zimmerleute alle Tore nach morschem Holz ... Soldaten sind schon zum Waffendepot geordert worden. Sie bewachen es schon ... Die Trommler sammeln sich zur Kampfmusik ..."

Sie hört wieder Wortfetzen aus den Gesprächen:

„Ach, alles Gerüchte!"

„Wie kannst du so reden, es ist doch nicht das erste Mal!"

„Wart's ab, so schnell geht das nicht!"

„Ich habe gehört, dass die Idena Tore sich von selbst geschlossen haben, du weißt, was das heißt!"

„Ich habe es auch gehört!"

Dann stimmt es also, was Nike mir erzählt hat. Das bedeutet Schreckliches. Großmutter hatte auch so oft von der

Grausamkeit der Soldaten aus Dahomey berichtet. Adelas Gedanken jagen durch ihren Kopf. Die Fon Leute köpften ihre Gefangenen! Mama war noch ein Baby, als dies geschah. *Und was wird jetzt geschehen? Unser König, Oba Akebioru, hat vorgesorgt. Die Stadt ist gut auf einen Angriff vorbereitet. Ich muss keine Angst haben, dass sie uns überwältigen und ich meine Familie verlieren könnte. Und Olufemi – sie werden ihn mitnehmen im Musikkorps. Er wird mit ihnen mitziehen müssen. Olufemi, mein Liebster, ohne dich kann ich nicht mehr leben. Aber die Brautwerbung, die größte Bedrohung in meinem Leben – sie könnte vielleicht ausfallen. Auch Olagoke wird eingezogen werden. Für meine Eltern ist es die schrecklichste Vorstellung, dass sie ausfallen könnte, weil wir auf einmal im Krieg sind ... Eludumare, bitte richte alles zu unserem besten,* betet sie.

Sie schämt sich über solche Gedanken – *Ketu und unser Dorf Iwoye sind in Gefahr und ich, ich denke nur an mich. Oh, Olufemi, du musst jetzt die Kriegstrommel schlagen zusammen mit deinen Kameraden.*

Tränen steigen ihr in die Augen. *Olufemi, wenn ihm nur nichts geschieht. Ich muss ihn heute noch treffen. Ich darf keine Zeit verlieren.* Sie rennt jetzt zum Marktstand ihrer Mutter, so schnell es geht mit dem schwere Tablett, und außerdem ist es schwierig, sich durch die Menschenmenge durchzukämpfen.

„Mama, Mama!", ruft sie. „Hier ist das Tablett, ich habe noch nichts verkauft, ich muss gleich wieder fort. Ich komme bald zurück und helfe dir!"

„Wohin willst du, Adela?", ruft die Mutter hinter ihr her. „Ich brauche dich hier!"

„Ach, Mama Adela, lass sie, die jungen Leute haben immer so viele Pläne im Kopf!", beruhigt Mama Nike ihre Freundin.

„Adela, pass auf, sei pünktlich zu Hause, vor der Dunkelheit, die Zeiten sind so gefährlich, komm zurück!", ruft die Mutter wieder. „Ich brauche deine Hilfe, das weißt du doch!" Adela ist schon fort.

„Sie ist so ein gutes Mädchen!“, fährt Mama Nike fort. „Aber du hast schon Recht, in diesen Zeiten müssen wir noch wachsamer sein. Mach dir keine Sorgen, bitte, sie wird zurückkommen. So schnell kommen die Fon nicht, und sie werden auch nicht in die Stadt eindringen können!“

„Aber Iwoye ist nicht gut geschützt, da haben sie leichtes Spiel, glaub mir. Wenn sie nicht in Ketu eindringen können, kommen sie nach Iwoye, sie sind sehr schlau und stark und ihre Soldaten grausam. Davor habe ich Angst. Niemand kann die Mauer um Ketu überwinden. Die Gräben sind so tief und breit, fünf Meter tief und breit, dann übersät mit dichtem Dornengestrüpp. Und die Mauern erst, vier Meter hoch und beinahe genauso breit ... die werden es sich leichter machen und nach Iwoye ausweichen.“

„Mama Adela, was sagst du da, du machst mir Angst!“

„Was denkst du denn, ich habe auch Angst, vor drei Tagen sah ich Feuer im Traum und viele Soldaten und riesige Verwüstungen, alles war in Rauch gehüllt und ich konnte keine Einzelheiten erkennen. Mama Nike, ich weiß, wenn ich träume, hat das immer etwas zu bedeuten. Und dazu kommt noch, dass der Schatzmeister des Königs um Adelas Hand für seinen Sohn Olagoke gebeten hat. Wir sind einverstanden und denken, dass es eine vorteilhafte Verbindung ist. Aber Adela will davon nichts wissen. Sie macht mir großen Kummer. Ich glaube, sie ist in den Trommler Olufemi verliebt. Und übermorgen kommen Olagokes Eltern zu uns, sie wollen um Adela werben. Wir sind sehr froh, wenn nur Adela keine Dummheiten macht. Wie schön, dass Nike glücklich über die Werbung von Wales Eltern ist. Da hat sie eine gute Zukunft vor sich. Und wir auch, wenn Adela heiraten wird, die Familie ist nicht zu verachten.“

„Habt ihr denn schon alles vorbereitet?“

„Ja, meine Schwester hat alles in die Hand genommen.“

Die Sicherheitsvorkehrungen sind fühlbar, wenn auch noch nicht überall sichtbar. Die Stadt ist auch in Friedenszeiten sehr gut befestigt. Das ist dem König, dem vierzigsten Alaketu von Ketu zu verdanken, er organisierte die Armee neu und ließ die Mauer von Ketu reparieren.

Jeder Stadtteil hatte entweder eine eigene Polizeiwache oder Kaserne mit eigenen Obersten. Von den fünfzehn Stadtteilen war einer doppelt so groß wie die anderen, sie einigten sich auf sechzehn Stadtteile. Der doppelt so große Stadtteil, Masafe, wurde von vielen Muslimen bewohnt. Der Islam war durch Händler aus dem Norden in der zweiten Hälfte des 18. Jahrhunderts nach Ketu gebracht worden, mehr als hundert Jahre, bevor die ersten christlichen Missionare Ketu erreicht hatten. Die muslimischen Milizen waren sehr wichtig zur Verteidigung der Stadt. Im zentralen Waffendepot lagerten Gewehre und Schießpulver. Das Waffendepot wurde sehr gut in Stand gehalten und Tag und Nacht bewacht. Die Stadt war ständig in Alarmbereitschaft, zu dieser Zeit gab es viele Kriege im Bereich der Yoruba Königreiche Oyo und Ketu, die Menschen lebten ständig in Angst vor Kämpfen und erwarteten jederzeit Menschenraub und Sklavenhandel.

Die Häfen Badagry und Porto Novo an der Südküste dienten als Umschlagplätze für Waffen aus Europa. Dafür wurden dann die Einwohner als Sklaven aus dem Hinterland brutal gefangen und in wochenlangen Märschen an die Küste geführt, dort in Verliesen untergebracht und dann an Händler eingetauscht – eingetauscht gegen Waren, die viel weniger wert waren als Menschen. Bezahlung mit Kaurimuscheln war auch üblich. Die Fon aus Dahomey konnten die hohen Tributzahlungen, die das Königreich Oyo verhängte, nicht mehr ertragen. Darum wollten sie das größte Reich der Yoruba vernichten. Ihre Armee war perfekt organisiert. Beide Seiten kämpften mit vielen Mitteln, mit List und Lügen lockten sie sich gegenseitig in Hinterhalte, legten falsche Fährten, sandten Delegationen aus, die sich freundlich gaben, jedoch der Spionage dienten.

1760 wurde Oba Ande, der 39. Alaketu von Ketu, inthronisiert. Dabei war die wichtigste Zeremonie das rituelle Bad des Königs im Oruba Fluss, nördlich von Ketu. Als er auf dem Weg dorthin war, erhielt er eine geheime Botschaft, die ihm mitteilte, dass eine Gruppe von Kriegern aus Dahomey zu ihm unterwegs war. Er hörte, dass sie auf dem Weg waren, um ihn gefangen zu nehmen und nach Abomey zu bringen, auf Befehl von König Tegbesu von Dahomey. Es heißt, dass Oba Ande seine Vorbereitungen für das Bad fortsetzte und eine Abordnung seiner Soldaten zu der Stelle am Fluss sandte, wo er das Bad nehmen musste und ihnen befahl, sich dort zu verstecken. Er selbst blieb in der Hauptstadt Ketu, sandte aber eine Delegation von Leuten in festlicher Kleidung zu dem Ort am Fluss. Als die Krieger aus Dahomey die Leute angriffen, kamen die Soldaten aus Ketu aus dem Hinterhalt hervor, umringten die Kämpfer aus Dahomey und nur wenige konnten nach Abomey fliehen und von dem Ausgang berichten. Danach begab sich König Ande an den Fluss, nahm sein Bad unter dem Jubel der Menge und feierte den Sieg und seine Thronbesteigung. Die Dichter und Musiker des Königs komponierten ein Lied, das bis heute bekannt ist.[10]

Bonding

Adela läuft und läuft, sie ist schon weit fort vom Markt, sie kennt diese Gegend nicht gut, sie war nur einmal hier im islamischen Viertel mit Nike, die dort eine entfernte Tante besuchen wollte. Männer sitzen vor den Häusern, rauchen und reden. Frauen sieht man kaum, sie halten sich hauptsächlich in den Höfen auf. Sie fühlt sich unsicher in dieser fremden Gegend, hofft, dass sie nicht zu viel Aufsehen erregt durch ihre ungezwungene Yoruba Kleidung ohne Verhüllungen und läuft weiter. Sie biegt um die Ecke in eine lange Palmenallee. Endlich Schatten. Da, am Ende der Allee, das Haus hinter einer Lehmmauer, das ist die Schule, erinnert sie sich, da werde ich Ruhe haben, endlich für mich sein. Da kann ich mich eine Weile verstecken. Hoffentlich kommt Olufemi bald. In ihrem Kopf hört sie das Echo der Worte „Krieg" ...

Sie kann es zu Hause kaum mehr ertragen, das ewige Rufen und Ermahnen der Mutter. Adela ahnt, dass die Mutter mehr von ihr weiß, als sie ihr gegenüber zugibt. Sie tut alles dafür, ihre Gefühle für Olufemi und die heimlichen Treffen zu verbergen. Aber Mütter haben eben auch Augen auf dem Rücken und scheinen auch Gedanken lesen zu können.

Was mache ich hier, was wird, wenn mich jemand sieht? Aber sie verwirft diese Gedanken schnell, *keiner vermutet mich hier.* Sie zieht an ihrem Kopftuch und verhüllt den Kopf nach Art der muslimischen Frauen. Damit fühlt sie sich sicherer. Sie blickt sich immer wieder um, niemand ist zu sehen, es ist so gefährlich, man muss ständig aufpassen, Augen sind doch überall. Die Mauer endet in einem Bretterzaun, sie späht durch einen Spalt, auch die Tür ist aus Brettern zusammengenagelt; ein einfacher Holzhebel hängt herunter, vorsichtig drückt sie dagegen, die Tür gibt nach, ist unverschlossen, sie öffnet sie vorsichtig.

Der sandige Hof ist leer, sie atmet auf, sie zittert, nur ein paar Hühner picken, wie sie es immer tun. Die Schulwände sind auch aus losen Brettern zusammengesteckt, wie es bei der Hitze üblich ist. Oft sind Schulen vorn offen, diese Schule hat vier Wände. Die Muslime wollen gern geschützt sein. Die Tür ist nicht verschlossen, sie hebt den kleinen Hebel hoch, schaut sich um, niemand ist zu sehen. Gelblicher, sorgfältig gefegter Sandboden bietet Platz für mehrere kleine Hocker. Sie stehen an einer Wand, keine Tische für die Kinder, nur an der Stirnseite steht ein einfacher Tisch für den Lehrer. Sie setzt sich auf einen der Hocker, faltet die Hände auf den Knien. Sie atmet tief. Die Ereignisse des Tages laufen wie ein Film in ihr ab.

Auf dem Boden sieht sie die eingerahmten Felder mit den arabischen Schriftzeichen, die die Kinder beim Unterricht hier auf die Erde zeichnen. Jetzt sind sie alle fort, es ist schon früher Nachmittag, für heute ist der Unterricht beendet. Hoffentlich kommen die Kinder später nicht hierher, um zu spielen. *Bitte, Oluwa, beschütze mich, du weißt, ich tue nichts Unrechtes. Was soll ich nur tun, wenn Olufemi in den Krieg zieht?* Die Soldaten der Fon sind so grausam, nicht nur dass sie die Gefangenen köpfen, sie binden die Köpfe an ihre Gürtel oder Pferde. Sie hat gehört, dass in ihren Städten die Köpfe auf den Zaunlatten stecken. Sogar der Thron des Königs von Dahomey ruht auf Schädeln.

Immer wieder wird über die Fon geredet, eine Schreckensvorstellung für die Einwohner von Iwoye und Ketu, schon seit ewigen Zeiten. Jeder kennt die Geschichte, die vor siebenunddreißig Jahren geschah. Ihre Großmutter hat sie so oft erzählt.

Einige berittene Yoruba Soldaten hatten mit der Armee aus Dahomey gekämpft. Das war bei Ishaga. Die Fon brachten die meisten um und brachten die Gefangenen nach Abomey.

Ein Schütteln überkommt sie bei der Vorstellung, dass es ihren eigenen Kriegern so gehen könnte ...

Sie hört ein leises tsss, tsss – nicht weit entfernt. Sie blickt sich um, das könnte Olufemi sein ... Tsss, tsss, hört sie wieder das leise Zischen.

„Adela, ich bin es!“ Leise Worte, und da schlängelt sich Olufemi durch die Tür. Sie sitzt regungslos auf dem Hocker und zittert.

„Ich bin dir gefolgt, ich muss dich unbedingt noch sehen, wir sammeln uns nachher und gehen mit den Soldaten zum Waffendepot. Du weißt, wir Trommler ziehen mit. Die Fon aus Dahomey wollen uns wieder angreifen. Ich will mich von dir verabschieden.“

Er hockt sich vor sie hin, sie blicken sich an, ihre Augen sind ernst. Ihre Gesichter nähern sich, sie umschlingen sich und halten sich fest, als ob sie nie mehr voneinander lassen können. Dann lösen sie sich doch und halten sich an den Händen. Adela ist aufgestanden. Wieder beginnt Olufemi, sie zu küssen, sie können nicht aufhören. Sie klammern sich aneinander. Endlich lösen sie sich und atmen tief ein und aus.

Die von Staub getränkten Sonnenstrahlen dringen durch die Ritzen der Bretterwand, umhüllen Olufemi, lassen ihn in seiner Soldatenkleidung strahlen. Sie wird dieses Bild nie vergessen können, Olufemi in der dunkelblauen Tunika, die blaue, knielange Hose und die geschnürten Sandalen. Er trägt den breiten Gürtel der Krieger. Die an der Spitze gekrümmten Trommelschlegel stecken in einer Schlaufe, Schlegel, mit denen er die Dun Dun, die Sprechtrommel, zum Klingen bringen wird. Wieder umarmt Olufemi sie so fest, wie nur eine Pythonschlange sie umschlingen könnte. Sie vergisst alles um sich herum, sie fühlt nicht, wie er sanft an ihrem roten Tuch zieht, dort, wo die Stoffschichten zusammengerollt sind und das Kleid zusammenhalten. Sie lässt es geschehen, sie sinken auf den sandigen Boden, der leuchtende Stoff wird zu ihrem Lager. Es ist Adela, als ob sie sich von der Erde erhebt, zusammen mit Olufemi schwebt sie in weite unendliche Sphären, wo Körper und Seele nicht mehr zu unterscheiden sind. Tränen quellen aus ihren Augen, sie schluchzt, hört seine Stimme:

„Weine nicht, Geliebte, weine nicht, mein Körper muss dich verlassen, meine Seele bleibt immer bei dir. Immer, glaub‘ mir! Was auch vorfallen sollte in deinem Leben, ich bin bei dir und ich weiß immer, was zu tun ist. Ja, ich kann dir beistehen, du wirst es erleben. Die Gabe ist mir verliehen worden.“

Die Uniform reibt an ihrer Haut, wie von weither holen die schrecklichen Worte sie zurück in die Gegenwart:

„Adela, Geliebte, ich muss gehen, ich muss, bevor sie mich suchen. Und sie werden mich köpfen, wenn ich nicht rechtzeitig komme.“

Er küsst sie auf die Stirn, die Augen, die Wangen, den Mund und ihr Kinn, steht auf, verlässt sie.

Adela liegt auf dem sandigen Fußboden der Schule. Sie weiß nicht, wie lange schon. Sie hat jedes Zeitgefühl verloren. Trommelrhythmen umhüllen sie, stetig und dumpf, hell und dunkel, mal lauter, mal leiser, eine unablässige Begleitung. Mandelduft umhüllt sie und vermischt sich mit den Tönen. *Hier will ich bleiben, in diesem Zustand, ich will verschmelzen mit diesen Tönen, mich verflüssigen, alles soll zerfließen, zusammen mit Olufemi will ich in die Erde fließen, zu Erde werden.* Sie öffnet die Augen, tastet neben sich – sie ist allein. *Wo bin ich,* gleichzeitig spürt sie unter ihrem Kopf ihr gelbes Kopftuch. Jetzt weiß sie es wieder. Vor ihrem inneren Auge sieht sie Olufemis ernste Augen. Olufemi. Sie fühlt einen Schmerz, als ob eine brutale Hand ihr Herz zusammenpresst. Es peinigt sie so sehr, die Dämonen des Schmerzes sitzen neben ihr, sie sieht ihre grausamen Grimassen. Sie zittert. Die schwarze Wolke der Verzweiflung hat sich auf sie gesenkt. Sie setzt sich auf, glättet ihr Kleid, klopft den Staub ab, es friert sie. Bald wird die Abendkühle einsetzen. Sie blickt um sich. Es ist niemand da, nur ein leises raschelndes Geräusch dringt an ihr Ohr, irgendein Insekt im Strohdach wird es sein oder eine Maus. In der Ferne tönt unausgesetztes Trommeln. Die Kriegstrommeln, fällt es ihr wieder ein. Es ist, als ob die Erde bebt, obwohl der Klang so weit entfernt ist. Sie erhebt sich, wickelt ihr Kleid um sich und das Tuch um den Kopf. *Wasser, ich brauche Wasser.*

Langsam geht sie zur Tür, öffnet sie vorsichtig einen Spalt, steckt den Kopf ein wenig heraus. Sie hat Glück, noch immer ist niemand ist zu sehen. Auf dem Hof erkennt sie die Umrisse eines Brunnens. Der Halbmond ist aufgegangen, er hängt wie eine Laterne über einem Irokobaum. Seine Äste zeichnen einen schwarzen Scherenschnitt in den indigoblauen Himmel der Dämmerung. Sie geht zum Brunnen. Jeder Schritt schmerzt, ein besonderer Schmerz ist es, fast wünscht sie, diesen Schmerz für immer mit sich zu tragen, sie genießt ihn, er gehört allein ihr. Sie nimmt den Holzeimer, schiebt den Deckel zur Seite, lässt ihn am Seil hinab, zieht ihn wieder hoch, ihre heißen trockenen Lippen umschließen den kühlen Eimerrand, sie trinkt köstliche Schlucke kühles Wasser. Wieder lässt sie den Eimer fallen, zieht mehr Wasser hoch, wäscht ihr Gesicht, die Arme, und gießt etwas Wasser über den Bauch. Es trocknet so schnell, es tut so gut. Sie trinkt wieder, nimmt das Kopftuch ab und feuchtet ihr Haar an, glättet ihre Zöpfe. Sie ist wie in Trance, bewegt sich langsam. *Ich muss von hier fort. Bestimmt suchen sie mich schon. Aber wie kann ich jetzt nach Hause gehen? Ich habe solche Angst, meinen Eltern zu begegnen. Sie werden mich fragen, wo ich war, hoffentlich sieht meine Mutter mir nichts an. Mütter sehen und wissen alles.*

Sie bedeckt den Brunnen mit dem Brett, wendet sich zum Gehen.

So schnell sie kann geht sie nach Hause. Die Straßen sind belebt, niemand hält sie auf. Die Trommelklänge in der Ferne tönen unaufhörlich. Es ist alles ruhig. Die kleinen Geschwister scheinen schon zu schlafen. Sie schlüpft in ihre Kammer. Sie streckt sich auf ihrer Matte aus, schließt die Augen.

Die Tür geht auf und ihre Mutter kommt herein. Sie hockt sich neben Adelas Matte.

„Wo warst du, Adela? Was hast du einen ganzen Nachmittag gemacht?"

Sie spricht erstaunlich ruhig.

„Ich war mit Nike bei ihrer Tante, sie hat uns ein neues Webmuster gezeigt! Ich dachte, dass kann ich gut gebrauchen, wenn ich doch bald nicht mehr hier wohne!" Mehr fällt ihr nicht ein.

„Daran denkst du also schon? Hast du endlich deine Meinung geändert? Warum hast du es mir nicht gesagt? Adela, ich erwarte mehr Hilfe von dir. Auch, dass du mir sagst, wohin du willst. Du bist einfach weggelaufen. Außerdem muss ich dir noch so einiges beibringen, wenn du bald heiraten wirst!"

Auch das noch, dass sie davon jetzt anfangen muss. Sie sagt nichts.

„Morgen erwarte ich von dir, dass du den ganzen Nachmittag bei mir auf dem Markt verbringst und nirgends hingehst. Hörst du, nirgends!"

Bitte geh endlich, Mama, geh ... und zum Glück steht ihre Mutter auf und grüßt sie mit „Odaro", Gute Nacht. Schlafen kann sie lange nicht. Unruhig wälzt sie sich herum. Die Erinnerung lässt sie nicht los. Die Angst um Olufemi, und was nun geschehen wird, bedrängen sie und verscheuchen den Schlaf.

Kampf

Die Armee des Königs Adahoonzou von Dahomey marschiert in regelmäßigen Reihen, viele, so viele, weit mehr als dreitausend. Alle sind bewaffnet, ausgerüstet mit Taschen, Gürteln mit Munition und fast gleich gekleidet mit blau-weißen Tuniken, die bis zu den Knien reichen, kurze Hosen und Kappen tragen die Zeichen der verschiedenen Regimenter. Immer zweihundert gleiche Kappen gibt es, bestickt mit einem Krokodil, einer Schlange, einem Löwen und anderen Tieren.

König Adahoonzou hatte begonnen, das Amazonenheer aufzubauen. Seine Soldatinnen wurden so trainiert wie die Männer, ausstaffiert mit Musketen, Pfeil und Bogen sowie Munitionsgürteln. Ihre Brüste waren durch die Tuniken bedeckt, so gut versteckt, dass ihre Feinde oft erst im Nahkampf merkten, dass sie es mit Frauen zu tun hatten und dann erschreckt und schockiert das Weite suchten. Aber in diesem Krieg gegen Ketu waren sie noch nicht dabei.

Die Armee war in eine rechte und eine linke Abteilung unterteilt, der rechte Flügel war der wichtigere.

Nochmal so viele, wenn nicht sogar mehr, marschierten hinter ihnen, sie trugen Gepäck, Vorräte, Munition, sowie Totenköpfe von erschlagenen Feinden. Die Offiziere trugen Musketen, Schwerter und Schilde. Viele Jungen folgten den Soldaten, sie trugen die Schilde, dadurch wurden sie so jung wie möglich in der Härte des Soldatenlebens trainiert. Der größte Teil der Armee bestand aus solchen von Jugend an trainierten Soldaten. Mit ihnen konnte der König seine erfolgreichen Eroberungsfeldzüge durchführen. Immer marschierten die Armeen der Fon in der Nacht, ihre Angriffe kamen überraschend für die Überfallenen. Sie verfolgten die Methode, wochenlang vorher Gerüchte zu verbreiten, wann sie angreifen würden. Listig taten sie so, als ob sie sich zum Rückzug bereit machten. Sie nutzten den *zunehmenden Mond, der ihren langen und schwierigen Weg beleuchtete, dichter Wald, dann wieder Steppe und hohe scharfe Gräser machten es ihnen schwer. Die Vorhut schlug die Strecke mit Macheten frei. Wochenlang vorher hatten die Späher alles ausgekundschaftet, das Terrain auswendig gelernt, vor allem die Mauern und Befestigungen der Feinde untersucht. Eine starke Mauer umrandete das Königreich Ketu, sie war über 4 Meilen lang, mit einem Graben davor, der fünf Meter tief und genauso breit war. Schon länger hatte König Adahoonzou Abgesandte geschickt, mit Geschenken und Grüßen, damit der König und die Bewohner von Ketu sich sicher fühlen sollten. Dieses Verhalten war eine bekannte Taktik der Könige von Dahomey.*

Doch die Könige der Yoruba ließen sich nicht so leicht täuschen. Dem Alaketu von Ketu, Oba Akebioru, waren diese Besuche schon seit Monaten verdächtig vorgekom-men. Und als dann noch seine Soldaten einen Späher erwischten, wurde ihm klar, was König Adahoonzou plante. Er war gewappnet.

Olufemi hat es rechtzeitig zum Waffendepot geschafft, überall laufen und stehen Soldaten, erregt in Erwartung der kommenden kriegerischen Auseinandersetzungen. Die Trommler schlagen die Sprechtrommeln, die Dun Dun, sie senden die Nachrichten. Die Menschen in der Gegend im Umkreis von 20 Kilometern sind informiert. Von Dorf zu Dorf werden die Nachrichten weitergegeben. Alle Trommeln werden aktiviert, die Bata Trommeln, die kleinen Omeles, Sakara, auch die grossen Gbedus, Trommeln, die ein Paar darstellen, immer zu zweit geschlagen werden und Mann und Frau symbolisieren, mischen sich mit ihren tiefen, dunklen Tönen in diese Trommelsymphonie.

Auch Olagoke ist dabei, obwohl er dem inneren Kreis derjenigen angehört, die sich zum Schutz des Königs um

ihn formieren, nimmt er teil am Treffen und Vorbereiten
der nötigen Vorkehrungen. Wale, Nikes Bräutigam, gehört zum allgemeinen Soldatencorps.

Energie liegt in der Luft, wie sie nur in Ausnahme-
zeiten zu spüren ist. Andauernde Trommelklänge tragen
dazu bei, die Anspannung zu erhöhen. Die Menschen
bleiben in ihren Häusern, es herrscht Windstille an diesem Abend.

Über die Schlacht in dieser Vollmondnacht sprechen
die Menschen noch heute.

*Das Heer der Fon, angeführt von ihrem General, dem
Agaow, marschierte auf die Mauer zu, dort trafen sie auf die
Anführer der Toruba und hörten ihre Spottlieder, die sie höh-
nisch einluden, nur zu kommen, die Tore stünden ihnen offen.
Das brachte sie so richtig in Rage und traf sie in ihrem Stolz.*

*Die Soldaten der Fon versuchten, die Mauer zu stürmen,
wieder und wieder, reihenweise folgte Attacke auf Attacke. Hun-
derte stürzten sich in den tiefen Graben. Sie ertranken im Wasser, andere blieben in den spitzen Dornen hängen, die Teile der
Mauern bedeckten. Die Soldaten von Ketu hatten sich an stra-
tegischen Stellen versteckt. Es fanden viele Nahkämpfe statt,
es gab massenweise Tote und Verletzte auf beiden Seiten, aber es
gelang den Fon nicht, die Mauer zu überwinden und die Stadt
einzunehmen. Sie zogen sich zurück, um die Toruba-Krieger zu
täuschen und hinter den Mauern hervorzulocken. Es gelang
ihnen auch, viele Toruba kamen heraus, die Soldaten von Ketu
schlugen zurück.*

*Die Fon nahmen viele gefangen, die Kämpfe hielten an, sie
dauerten bis in den Morgen und den Vormittag hinein. Sie brei-
teten sich bis in das Dorf Iwoye aus und es gelang den Fon
dort, Plantagen und Felder zu verwüsten sowie das Dorf Iwoye
zu attackieren. Sie töteten viele Bewohner, zerstörten Häuser,
leerten die Wasserdepots und nahmen weitere Soldaten aus Ketu
gefangen.*

*So endete dieser Angriff darin, dass die Verluste im Dorf
zahlreich waren und dass über 1000 Gefangene der Fon in Ketten
gelegt und nach Abomey mitgenommen wurden.*

Die Stadt Ketu und das Königreich wurden nicht eingenom-
men. Die Soldaten aus Dahomey zogen mit ihren Gefangenen ab.

Sonnenfinsternis

Die Sonne brennt erbarmungslos. Doch die Luft wird plötzlich merklich kühler, das Licht verändert sich, eine Dämmerung beginnt über das Land zu fallen, mitten am Tag. Das Strahlen vermindert sich schnell, ein schwarzer Fleck beginnt langsam über die Sonne zu kriechen, es ist, als ob etwas die Sonne auffressen wolle, die Luft wird kühler und kühler, die Atmosphäre zunehmend düsterer. Schreie und laute Rufe lassen die marschierenden Soldaten und Gefangenen innehalten, Rufe, die zu einem Chor anschwellen, „erin, erin[11]" und „orun, orun[12]" rufen die Yoruba. Der mächtige Elefant der königlichen Jäger der Fon ist zusammengebrochen und atmet nicht mehr ... Die Sonne ist nicht mehr zu sehen, der Himmel ist fast schwarz, ein Wind weht, Trommelmusik erfüllt die Atmosphäre, Gesänge, Rufe, Jammern werden lauter, wieder leiser und wieder lauter ...

Alle bleiben stehen, ... ein Unglück ist hereingebrochen ist – das Heer der Fon gibt die Nachricht weiter: Die Götter zürnen uns, die Sonne geht am Tage schlafen, der Elefant stirbt ... Trommeln werden geschlagen, die diese Katastrophe – die Sonnenfinsternis[13] – beeinflussen und entfernen sollen:

Sonne verlass uns nicht
Ohne dich sind wir tot
Sonne bleib uns treu
Oh, oh, oh, oh, oh ...

Panik breitet sich aus, so dunkel ist es, der Vorhang der Nacht hat sich mitten am Tag über alles gesenkt. Der Geruch von Angst, Blut und Panik breitet sich aus – sowohl bei den Gefangenen als auch bei Aufsehern und Anführern. Eine Flucht ist für die Gefangenen unmöglich, ihre

Beine sind an den Knöcheln gefesselt, so dass sie sich nur schlurfend vorwärts bewegen können. Andere tragen Halseisen und sind mit einem zweiten Gefangenen verbunden.

Der graue Körper des Kolosses liegt zusammengebrochen da, ein mächtiger Alter des Urwalds, unterworfen von unsichtbaren Mächten, schwer ruht sein massiver Kopf mit den starken Elfenbeinstoßzähnen auf der staubigen roten Erde. Eine Tränenspur zieht sich vom Auge abwärts durch die faltige Elefantenhaut. Ein Zittern ergreift Olufemi, es friert ihn, müde, hungrig und durstig, wie er ist. Die Beinfesseln bereiten ihm unerträgliche Schmerzen. Er steht mit seinen Kameraden und alle beobachten das Ereignis.

Welch ein Omen, wie der königliche Elefant wie ein Fels daliegt, auf dem Weg der Gefangenen ins Land der Feinde!

Die Trommeln dröhnen von allen Seiten, Lieder werden intoniert, die Götter angerufen und angefleht, weiteres Übel von den Menschen zu nehmen und das Licht wieder scheinen zu lassen. Plötzlich tauchen Schatten auf, Schemen von Reitern, Olufemi erkennt in ihnen die berittenen Soldaten, Anführer und Aufseher. Sie kreisen die Gefangenen ein, mehrere Aufseher springen von den Pferden herunter, öffnen die Beinfesseln von einigen Gefangenen und jeder Soldat hebt einen von ihnen vor sich auf sein Pferd und prescht davon in wilder Jagd, einer nach dem anderen. So geschieht es mit den Kräftigsten, die Schwachen bleiben hilflos zurück, neben dem Elefantenkadaver. Je später es wird, umso heller wird der Himmel, am frühen Abend ist die Sonnenscheibe befreit von den dunklen Wolken, bevor die Dämmerung sie wieder verhüllen wird. Dankgesänge steigen auf zum Himmel.

Über dem Elefantenkadaver und den geschwächten und toten Gefangenen haben Geier zu kreisen begonnen.

Ort der Verdammung

Ein Dorf in Trauer, ein Dorf im Chaos, ein Dorf gelähmt vom Schock liegt in der Abendsonne. Iwoye. Eine lange Reihe von Menschen, bepackt mit Bündeln, zieht die Hauptstraße entlang. Es sind mehr Frauen als Männer mit vielen kleinen und großen Kindern, die Babies auf dem Rücken der Mütter, alle Frauen mit Lasten auf dem Kopf und in ihren Händen.

Von vielen Häusern sind nur die Grundmauern übrig geblieben, aus manchen steigt noch Rauch empor. Der Palast des Baale, der Königspalast, blieb fast unversehrt, er wurde bis zum Schluss wütend verteidigt. Er ist vielen Dorfbewohnern eine Zuflucht geworden. Sie haben sich innerhalb der Palastmauer Plätze gesucht, Feuer glimmen im Hof, Frauen stampfen in großen schweren Holzmörsern den Brei zum Abendessen aus Yamknollen oder Kassava. Gemüsesoßen brodeln im offenen Kessel über den Feuern. Fleisch ist rar. In den Ecken spielen Kinder. Die Männer sitzen zusammen, kauen Kolanüsse, rauchen eine Pfeife und reden über die Ereignisse, die das Dorf heimgesucht haben.

Junge Mädchen kommen und gehen mit Wasserkrügen auf Kopf oder Schultern. Sie holen Wasser aus einem weit entfernten Brunnen, an den Fluss gehen sie abends sowieso nicht und zurzeit überhaupt nicht. Sie haben Angst vor neuen Überfällen. Die Wasserbehälter und Zisternen haben die Soldaten der Fon geleert, sie wissen, dass Wasser in Ketu „wie Honig ist", wie schon immer. Damit haben sie die Einwohner von Ketu jahrhundertelang empfindlich und erfolgreich geschwächt.

Auch der Markt ist nicht wiederzuerkennen. Verwüstet liegt er da, ein Trümmerfeld. Markttage werden erstmal nicht stattfinden können.

Wie durch ein Wunder stehen die Häuser von Adelas und Nikes Familien unversehrt. Vor dem Überfall der Fon war ein Bote zu Nikes Eltern gekommen, um mitzuteilen, dass die Verhandlungen über die Brautwerbung nicht stattfinden werden, da die Stadt Ketu im Kriegszustand sei. Sie würden dann nachgeholt werden, wenn wieder Zeit für zivile Formalitäten sei. Nikes Mutter war in Tränen ausgebrochen und hatte so laut gejammert, dass jeder in der Nachbarschaft Anteil nahm. Auch Nike war unglücklich über diese Entscheidung gewesen. Sie betete täglich dafür, dass ihrem Bräutigam Wale nichts geschehen würde. Die Frauen rauften sich die Haare, Nikes Mutter wollte ihre Tochter zwingen, ihr Haar abzuschneiden, doch Nike weigerte sich.

„Nein, Mama, wir wissen nicht, was mit Wale geschehen ist."

Leise murmelte sie: „Es gibt noch andere Männer", und die Mutter fuhr sie an: „Was hast du gesagt?" Doch Nike nahm den Wasserkrug und entfernte sich. *So war es doch, wenn nicht Wale, dann ein anderer.* Sie trauerte um all die jungen Männer aus dem Dorf, aber das Leben ging weiter. *Wenn doch meine Freundin Adela auch so denken würde ...* Adelas Eltern hatten noch keine Botschaft erhalten. Die Brautwerbung für Adela war eigentlich eine Farce, denn beide Seiten hatten ihre Tochter und ihren Sohn bereits seit langem gegenseitig versprochen, als die beiden es noch nicht wussten.

Dann war der Kriegssturm gekommen – nicht vollkommen überraschend für Ketu. Für Iwoye schon. Die Befestigung des Dorfes war nicht zu vergleichen mit der starken Mauer von Ketu. Einen Graben gab es auch nicht. Die Krieger konnten leicht einmarschieren. So wurden viele Einwohner überrascht und grausam umgebracht, Häuser und Wasserbehälter vernichtet. Nur einige, auch Adela, Nike und ihre Familien hatten sich verstecken können und das Inferno überlebt.

Adela ist niedergeschlagen, keine Sonne scheint mehr für sie, sie fühlt sich wie in einer ewigen Nacht. Ihr junger Körper tut ihr weh von den Strapazen des vielen Wassertragens und Schleppen von Lasten, um die nötigen Nahrungsmittel für die Familie zu beschaffen. Der einzige Trost für sie kommt von Tura, ihrer treuen Hündin. Wenn sie Adela mit ihrer feuchten Schnauze anstupst, fühlt sie sich verstanden. Ihre Mutter versucht, sie zu trösten. Sie nimmt an, dass die Ereignisse Adelas Herz erweichen und sie nun Gefühle für den als vermisst angesehenen Olagoke hat. Adela sagt nichts, sie hilft ihr weiterhin mit Wasserholen, Kochen und Aufpassen auf die kleinen Geschwister. Alle Markttage werden eingestellt. Darüber ist Adela sehr froh, sie will nicht den Weg zum Markt gehen im Wissen, dass sie Femi nicht treffen wird. Sie kann an nichts anderes denken als an ihn, sie redet mit ihm in Gedanken. Wenn sie allein ist, spricht sie mit ihm vor sich hin, sie betet die ganze Zeit für seinen Schutz. In allem, was sie isst und trinkt, bezieht sie ihn ein und sagt unhörbar: *„Femi, ich esse und trinke für dich mit, damit du nicht hungrig bist und deine Kraft nicht verlierst."*

Sklavenjagd

Vier Wochen später (6. Juli 1788)

Tura hebt den Kopf, Gerüche von Gefahr, Aufregung, Angstschweiß wehen ihr entgegen. Sie erhebt sich, schüttelt die Muskeln. Es dämmert. Sandnebel verschleiern den Horizont, ockergelbe Wolken bedecken den Himmel. Schwefelgeruch steigt ihr in die Nase. Sie hebt den Kopf, schnuppert, streckt sich, läuft ums Haus, springt hoch und kratzt energisch an den Holzladen von Adelas Fenster.

„Geh schon, Tura, geh weg, ich will schlafen", hört sie die geliebte Stimme aus dem Raum hinter der Tür. „Wi wi wi wi", winselt Tura weiter, kratzt wilder mit ihren Krallen, sie lässt sich nicht verscheuchen.

Dumpfes Dröhnen hat die Hündin aufgeschreckt. Wieder wittert sie die wirbelnde gelbe Luft, springt unermüdlich an der blau gestrichenen Tür hoch, kratzt an den Brettern.

Endlich gibt die Tür nach, die Tür zu Adelas Zimmer ist offen, Tura springt dagegen, läuft ins Zimmer, springt wieder zum Gang, zurück zum Bett, leckt schnell über Adelas Gesicht.

„Was ist denn Tura?", gähnt ihre Herrin.

Sie hört das Stampfen, Dröhnen, wie rollender Donner. Sie springt auf, greift hastig nach dem indigoblauen breiten Tuch neben sich, wickelt es um sich, verknotet die Enden, zieht schnell die Bluse über, lauscht kurz. Sie hört ein Klopfen am Fenster, springt hoch und schaut durch den Spalt der Fensterläden.

Sie öffnet sie ein wenig und sieht Nike.

„Adela, komm, wir müssen fort, beeile dich, das Dorf

brennt schon, nimm deine Sachen! Sind deine Eltern wach? wir dürfen keine Zeit verlieren"!

Adela schlägt die Hand vor den Mund: „Warte, Nike", stößt sie hervor.

„Nein, nein, nur weg, ich wollte dich noch sehen, komm jetzt!"

Tura winselt aufgeregt, läuft hin und her.

„Ich komme", ruft Adela.

„Mama, Mama!", ruft sie laut durchs Haus. Tura hechelt, schaut ihr zu. Schnell in die roten Ledersandalen schlüpfen. Tura springt an ihr hoch.

„Tura lass, gleich bin ich fertig."

Tura läuft auf den Gang. Adela reißt schnell die Kuhfelltasche vom Wandhaken, die gelbe Kalebasse und einige Kolanüsse nimmt sie vom Regal, folgt ihrer Hündin, zieht die Tür zu. Beide laufen zur Hintertür, sie stopft die Kalebasse und die Nüsse in die Tasche, entriegelt die Tür.

„Mama, Mama", ruft sie wieder, ihre Mutter und die drei Kleinen stehen im Hof, die Mädchen halten Bündel in der Hand, die Mutter ruft Adela zu: „Schnell, Kind, schnell, Papa ist zum Baale gelaufen."

Sie rennen im Laufschritt über den roten Sandboden dem Gartentor zu. Die schiefe Pforte ist nur angelehnt. Graugelber Morgen, eine rote Linie hinter den blauen Bergen. Die Ziegen meckern in der Nähe, da kräht schon der Hahn.

Die Luft ist schon warm, ein Wind, zu heiß für den Morgen, braust um sie herum. Sie hasten zum Dorfrand, rechts in die Maisfelder, zum Glück stehen die Stängel noch. Am Horizont ein Feuerschein. Die Blätter streifen Adelas Beine, sie versucht, die starken Pflanzen zu teilen. Tura springt wie ein Pferd, hoch, runter, kaum sind sie durchgesprungen, schnellen die kräftigen Pflanzen wieder zusammen. Staub dringt in Adelas Nase.

Das Peitschenknallen, die rauen Schreie. *Es sind Reiter, wo ist Mama? Sie wird uns folgen*, sie hastet weiter. Nur weg, weg von hier, weg von den Flammen.

Adela eilt voran, die heiße Luft nimmt ihr fast den Atem. Schweiß strömt ihr den Rücken herunter. Sie hört das heisere Bellen von Hunden. Tura beginnt zu winseln. „Still, Tura", zischt sie der Hündin zu, „still." Sie dreht sich um, weit hinten bewegen sich die Stängel, sie sieht eine Frau, *es muss Mama sein*, denkt sie, genau erkennen kann sie es nicht. Es scheint, dass hinter der Frau ihre Geschwister laufen. Sie will sie gerade rufen, ihnen entgegengehen und winken, da senkt sich wie eine große schwarze Wolke ein Gespinst über das Feld, bedeckt die Fläche, auf der ihre Mutter und die Geschwister sich befinden, es zieht sich zusammen. Als ob eine unsichtbare Macht es bewegt, wird es kleiner und bewegt sich rückwärts. *Das Sklavennetz,* fährt es Adela durch den Kopf, *Sklavenjäger, ihre Mutter und Geschwister werden von Sklavenjägern gefangen.* Also stimmt es, was sie gehört hat, mit Netzen gehen die Jäger auf Sklavenjagd. Sie hört nur Rufen und Schreien, Wiehern von Pferden und bellen von Hunden. Es ist, als ob ihre Kehle zugeschnürt ist. Sie hört Knistern und Rauschen, nimmt züngelnde Flammen in der Ferne wahr, die sich durch das Maisfeld fressen. Feuer! Sie hastet weiter, *nur fort*, ist ihr Gedanke, *fort von hier, diesem Ort des Verderbens. Mama,* denkt sie, fühlt mehr, als dass sie denkt, *Mama,* ruft es in ihr, ein schrecklicher Schmerz erfüllt ihr ganzes Sein, *Mama,* als ob eine riesige Hand sie krallt und zerquetscht, nur noch der Gedanke *Mama, Mama* füllt sie aus, sie bewegt sich einfach vorwärts, mit Tura an ihrer Seite hetzt sie den Büschen und Bäumen entgegen, die sie erkennt. Sie erreichen das kleine Waldstück. Auch hier, unter den Bäumen ist es heiß, aber immerhin gibt es Schatten, wenn auch nicht viel. Die Sonne ist schon stark, obwohl es noch nicht Mittag ist. *Weiter, weiter, nur fort von hier, bevor sie uns fangen,* sie weint, es weint aus ihr.

Tura hechelt, die Zunge hängt heraus, so kann sie sich abkühlen. *Wir dürfen nicht rasten, noch nicht. Weiter, weiter,* sie ist eine Gejagte, fühlt die Schmerzen nicht an ihren Füßen und Beinen, hat nur einen Gedanken – fortzulaufen vor diesen unmenschlichen Monstern.

Sie hatte nicht glauben wollen, was sie sich schon länger im Dorf erzählten, dass die Menschenjäger die Dörfer anzünden, mit Netzen und Hunden alle fangen, die sie finden können, sie tagelang gefesselt durch das Land treiben, mit schweren Lasten quälen, dann an der Küste auf Schiffe verladen lassen und dann ... sind sie verschwunden. Niemand hat sie jemals wieder gesehen. Die Gespräche drängen sich jetzt in ihre Erinnerung, machen, dass sie läuft, einfach weiter, weiter, sie will zum Fluss, er wird das Feuer stoppen. *„Mami Water, rette uns"*, spricht sie vor sich hin, sie ist entschlossen, den Fluss hinauf zu schwimmen, weg von den Jägern, weg von dem Feuer. Die Krokodile, die Nilpferde sind eine neue Bedrohung, aber Mami Water wird ihr beistehen. *Oh, Mama, Mama, Baba, wo seid ihr, und Olufemi, Olufemi, wenn er wüsste.* Beharrlich bilden diese Gedanken eine monotone Trauermelodie, sie wird davon vorangetrieben, immer weiter, weiter. Ihre Beine sind zu einer rhythmischen Maschine geworden. *Und Nike, wo bist du? Banki, mein Bruder, Sade, Tola, meine kleinen Schwestern.* Eine Schwäche überkommt sie plötzlich, *ich darf nicht anhalten, ich darf nicht, muss den Fluss erreichen, Mami Water wird mich hindurchführen, weg von hier.* So treibt sie sich an, weiter, weiter, läuft, läuft und läuft.

Wasser glitzert hinter den grünen Wänden der hängenden Äste. Der Göttin sei Dank, sie hat ihr den Weg gezeigt. Sie ist am Ziel – am Fluss. Für Sekunden erscheint vor ihrem inneren Auge die funkelnde Oberfläche des Flusses in ihrem Dorf, tanzende Orangen und mittendrin ein lachender und winkender Olufemi. Doch hier fließt schwarzes, undurchsichtiges Wasser, ein Kanu schaukelt am Ufer. Ein Kanu? Träumt sie? *Ja, da ist ein braunes Kanu, was für ein unglaubliches Glück.* Am anderen Ufer

52

recken sich geisterhaft weiße Mangrovenwurzeln aus dem
Wasser. Und dort ist auch der Eingang zu einem kleinen
Nebenarm, dahin kann sie rudern, verschwinden im Ge-
wirr der Flüsschen.

Der Untergrund federt, der feuchte Boden ist mit
Stroh ausgepolstert, so dass man das Ufer trocken erreichen und ins Kanu steigen kann. Es ist glitschig, Regen
hat die Oberfläche schlüpfrig hinterlassen. Adela strau-
chelt über eine Bodenerhebung, eine starke Wurzel hat
die Erde angehoben, das Kanu ist nur eine Armlänge von
ihr entfernt, sie fällt und ihre Schläfe streift den harten
Holzrand des Kanus, sie bleibt liegen. Regungslos.[14]

Sklavenarbeit
Im Arbeitslager der Gefangenen des Königs Kpengla in Abomey

Olufemi kann nicht schlafen, sein Körper schmerzt.

„Pssst, pssst Olufemi!“

Olufemi dreht sein Gesicht zur Tür.

„Ich bin's doch, Wale.“

„Wale?!“

„Ja, ich bin auch hier, ich schlafe in dem Lagerhaus auf der anderen Seite des Sees.“

Olufemi stöhnt, als er seinen Körper zur Seite dreht. Seine Wunde am Oberschenkel ist noch nicht verheilt.

„Wie geht es dir? Hast du genug zu essen?“

„Nein, nie genug, aber es geht. Und dir?“

„Ich helfe dem Koch, da bekomme ich genug.“

„Und wie hast du das geschafft?“

„Ach, die brauchten noch Leute zum Wasserholen, zwei sind gestorben, da haben sie mich geholt.“

„Wieso dich?“

„Sie brauchen meine Kraft, das haben die vorher geprüft. Hier für dich!“

Er zieht ein Päckchen aus Papayablättern aus seiner Hosentasche.

„Oh Wale!“

Olumfemi wickelt die Blätter auf. Er starrt ungläubig auf den Inhalt. „Akara! Danke, Wale, danke.“

Hungrig beißt Olufemi ein kleines Stück ab. Er schlingt den Bohnenkuchen in sich hinein, aus Angst, dass jemand wach wird. Dankbar genießt er den würzigen Geschmack auf der Zunge. Wie gut das seinem ausgehungerten Mund und Magen tut. Langsam isst er Stück für Stück. Als er fertig ist, flüstert er: „Woher weißt du, dass ich hier bin?"

„Hab eben rumgehört. Ich muss wieder gehen, sonst bemerkt uns noch jemand."

„Und sind da noch andere von uns?"

„Sechs arbeiten in der Lehmkuhle und formen Backsteine. Zwei schlagen Holz."

„Siehst du die, die Holz schlagen?"

„Manchmal schon. Du möchtest Holz?"

„Du hast es erraten, Wale, ich möchte ein Stück. Dann kann ich versuchen, eine Trommel zu bauen. So gut ich eben kann. Ich bin ja kein Trommelbauer, sondern ein Trommler."

„Und das Trommelfell?"

„Vielleicht kannst du mir helfen, wenn ihr ein Tier schlachtet."

Die beiden anderen in der Hütte bewegen sich im Schlaf.

„Ich geh' jetzt", flüstert Wale, „bevor sie aufwachen."

„Danke für alles, Wale!".

„Odabo!" Mit diesem Gruß entfernt Wale sich geräuschlos.

Er geht den schmalen Weg zurück, der bald in den Wald führt. Rechts und links sind viele Bäume abgeschlagen und das Gras gemäht, um Schlangen fernzuhalten. Es ist dunkel, nur die dünne Mondsichel des zunehmenden Mondes erhellt den Nachthimmel um sie herum. Wale ist an die Dunkelheit gewöhnt, seine Ohren sind auf höchste Alarmstufe eingestellt. Beim geringsten Geräusch bleibt er stehen. Er muss nicht lange gehen, da endet das Waldstück, seine Augen haben sich an die Dunkelheit gewöhnt und nehmen die Schemen der Hütten wahr; eine davon teilt er mit elf anderen Gefangenen. Sie steht etwas abseits von den vier Wächtern, die nachts wachen sollen. Aber wie überall – auch sie haben menschliche Schwächen und sind nicht immer so aufmerksam, wie von ihnen verlangt wird. Sie werden nicht gut behandelt, so ist ihre Loyalität nichts als Täuschung. Zwei von ihnen stehen zusammen, die anderen beiden kann er nicht sehen. Er stößt mehrere laute Zischlaute aus, wie von einer Schlange. Die beiden Wächter fahren hektisch herum, schlagen dann mit ihren Macheten auf den Boden und machen dies im großen Umkreis. Wieder hat Wale großes Glück, sie merken es nicht, als er in die Hütte zurück schlüpft und sich auf seine Matte legt.

In langer Reihe arbeiten sie. Mit Hacken lockern sie die Felder. Mit Eimern gehen sie regelmäßig zum Brunnen, schöpfen Wasser für die durstige trockene Krume. Die weiß siedende Sonne schickt den brennenden Strahl von sechs Uhr morgens bis sechs Uhr abends erbarmungslos auf die Sklavenarbeiter, sie arbeiten wie unter einem Brennglas. Die Muskelstränge ihrer Rücken trotzen der Sonne, werden dunkler und dunkler. Um den Kopf tragen sie geknotete Lappen, die sie regelmäßig anfeuchten, Baumwolltücher sind fest um ihre Lenden gebunden. Starke Arme führen die Hacken. Dazu singen sie melancholische Lieder und bewegen sich rhythmisch vorwärts. Am Brunnen trinken sie und leeren Eimer über sich aus zur Erfrischung. Aufseher bewachen sie, schwingen die geflochtenen Peitschen, wenn ihre Launen sie dazu drängen. Jeden Tag geht es so, ohne nennenswerte Pause. Abends essen die Sklaven Kassavabrei, der reicht gerade, um den schlimmsten Hunger zu betäuben. Dazu trinken sie Wasser. Frauen bereiten den Brei zu in der Küche des Hauses, wo die Aufseher wohnen. Sie gehen mit ihren Schüsseln und holen den Brei ab. Dabei beobachten sie, wie die Aufseher die Köchinnen mit obszönen Wörtern ansprechen. Danach sitzen manche zusammen, reden, rauchen getrocknete und gerollte Maisblätter. Andere legen sich hin, hängen Träumen nach. Morgens essen sie wieder Kassavabrei. Trinken wieder Wasser.

„Olufemi, geht es wieder mit dem Bein?“, zischt sein Hintermann durch die Zähne.

„Es geht.“

Der Aufseher ist gekommen und hat alle, deren Wunden beinahe verheilt sind, wieder eingeteilt.

Olufemi hackt und hackt. Der Aufseher ist weit vorn. Wieder hört er seinen Hintermann. Er spricht und bewegt dabei kaum den Mund.

„Olufemi, Wale lässt dir sagen, er hat ein Stück Ziegenfell für dich versteckt. Es dauert noch mit dem Holz. Besser ist es, du nimmst eine Kiste zum Trommeln, auf der du sitzt. Dann kannst du trommeln und wenn die Aufseher kommen, hörst du auf.“

„Klar“, erwidert Olufemi. *Aber ich möchte eine kleine Sprechtrommel, sie fehlt mir.*

Der Aufseher kommt. Sie hacken und hacken. Prüfend schaut er ihnen eine Weile zu. Sie tun so, als merkten sie es nicht, würdigen ihn keines Blickes. Egal was sie machen, wenn er sie schlagen will, wird er es tun. Er beobachtet sie lange. *Der Große, Kräftige, den muss ich mal etwas näher beobachten,* denkt er. *Der plant was. Verdammte Yoruba, immer so stolz. Aber ich werde ihnen schon zeigen, was es heißt, im Königreich von Dahomey stolz zu sein, der wird uns nicht mehr in Schwierigkeiten bringen. Ich will seinen Schädel auf dem Acker liegen sehen, genau wie die Schädel von all diesen Bastarden hier. Sie machen mir nur Probleme, von morgens bis abends.*

„Femi, Femi“, ruft Wale leise und schleicht um die Ecke des Männerschlafhauses, in dem Femi wohnt. Es ist kurz vor Sonnenuntergang, die Hitze des Tages flimmert noch in der Luft. Femi sitzt auf einer Bank vor der Tür. Die Wasserschüssel steht auf dem braunen Sand. Er badet seine Füße. Die Aufseher sind gerade mal nicht da, das hat Wale vorher geprüft.

„Femi, sie erzählen sich, dass unser Dorf und Teile von Ketu niedergebrannt wurden. Viele wurden gefangen, noch mehr getötet.“

„Wale, du weißt es also auch ...“

Er schüttelt den Kopf.

„Ich habe es gehört und nicht glauben können. Weißt du noch mehr? Femi, meine Seele weint, in mir ist alles tot. Ich befürchte das Schlimmste.“

Wale setzt sich neben seinen Freund, sie umarmen sich stumm, ihre Tränen vermischen sich.

„Wale, wir müssen hoffen und glauben, dass alles gut wird. Wir dürfen nicht aufgeben. Damit machen wir alles noch schlimmer. Wir müssen stark bleiben.“

„Femi, ich weiß es, unsere Väter haben es uns gelehrt. Nur der Schwache verliert. Böse Mächte haben sich verschworen und sind über unser Land gekommen. Weißt du noch, die Sonnenfinsternis? Und der Elefant, wie er vor uns starb? Femi, es waren Vorboten des Schrecklichen.“

„Ja, Wale, auch ich spüre es. Trotzdem, das Schicksal kennen wir nicht. Wir sind Spielbälle der göttlichen Vorsehung, wir ergeben uns, aber wir geben nicht auf.“

„So sei es, Femi, mein Freund.“

„Komm, lass mich dir helfen.“

Wale kniet nieder und trocknet Femi die Füße. Vorsichtig tupft er über die frische Narbe.

„Wir müssen die Narbe ölen, Femi, ich werde etwas Öl besorgen und dir bringen.“

„Wale, mein Freund, was würde ich ohne dich tun.“

„Und ich kann mir nicht vorstellen, es hier ohne dich auszuhalten, Olufemi. Meine Mutter hat mich gestern Nacht im Traum besucht. Sie sah so bleich aus, sie bewegte sich wie in einem Nebel. Mal sah ich sie ganz verschwommen, mal trat sie aus dem Nebel heraus, ich konnte ihr Gesicht erkennen. Tränen liefen über ihr Gesicht.“

Olufemi überläuft es kalt, wenn Wale schon solche Träume hat, kann es nichts Gutes bedeuten. Er möchte ihm seine schlimmsten Befürchtungen nicht sagen. Er hat genug gehört vom Hof des Königs von Dahomey.

„Wale, nur eine Chance haben wir – die Flucht. Wir müssen sie gut vorbereiten. Geh jetzt, es ist gleich dunkel.“

Wale geht und ist schon in den Büschen verschwunden, als die Stimme des Aufsehers dröhnt, der ihn auf dem Feld beobachtet hat: „Was machst du noch hier draußen, weißt du nicht, dass ihr bei Dunkelheit in eurem Schlafraum sein müsst?“

Unbemerkt ist er herangeritten, um die Hütten der Gefangenen nochmal zu inspizieren vor der Nacht, nun lässt er die Peitsche gezielt auf Olufemis Rücken sausen.

„Du denkst wohl, du kannst hier machen, was du willst! Das ist jetzt vorbei, du wirst hier das tun, was wir dir sagen. Morgen ist dein Essen gestrichen und wehe, du bist nicht pünktlich am Feld.“

Er reitet davon.

Olufemi geht hinein, setzt sich auf seine Matte und legt sich auf die Seite. Sein Blut tropft am Rücken entlang.

Wale hat alles gehört, er seufzt, zu gern würde er umkehren, um seinem Freund zu helfen, aber es ist besser, den Aufseher nicht noch mehr zu reizen.

Die Wunde brennt, es gibt nichts, um den Schmerz zu lindern.

„Olufemi, omaseo[15]," hört er seinen Nachbarn Yomi flüstern, „tut mir leid, dass du so leiden musst."

„Ese", *danke*, antwortet Olufemi mit zusammengebissenen Zähnen. Yomi ist einer von ihnen, die hierher verschleppt wurden. Sie alle reden wenig untereinander, jeder trägt seine Verzweiflung still mit sich herum. *Wie lange noch,* denkt Olufemi. Gedanken an ein Entkommen, an Flucht, drängen sich ihm wieder auf, nachts sind die Gedanken noch unerbittlicher als am Tag. Die Nachrichten von der Zerstörung seines Dorfes haben sie etwas zurückgedrängt. Irgendwie muss er den Weg zur Küste auskundschaften. Immer wieder erscheint ihm Adelas Bild. Das braune Gold ihrer Augen. Ihre Hingabe, ihr Lächeln. Ihr Zusammensein vor seinem Abmarsch. Adela, seine einzige Liebe und für immer Angebetete. Sie sind füreinander bestimmt, das Schicksal will es so, hat er immer gedacht. Nun zeigt es sich anders. *Wir Menschen sind ein Spielball der Götter. Trotzdem, wir leben noch, gut, dass sie mich nicht so sehen kann, so gedemütigt und hilflos.* Er drängt die Tränen zurück. Vorsichtig bewegt er seinen verwundeten Körper, sucht nach einer bequemeren Position auf der zerschlissenen alten Matte, wo es am wenigsten schmerzt. Irgendwo raschelt eine Maus oder vielleicht eine Ratte. Er fällt in einen leichten Schlaf, seine Sinne bleiben aufmerksam.

Ein Rauschen, Pfeifen, Rasseln verdrängt die Luft. Atmen ist kaum möglich. Lärm von allen Seiten, Rufe, Wiehern, Heulen, Schreien. Er wirft den Kopf zur Seite, hin und her, Schweiß tröpfelt an den Schläfen hinab und von der Stirn zu den Augen. Wieder sieht er den

Elefanten zusammenbrechen, es wird finster, die Sonne fällt vom Himmel und sagt zu ihm: Dir wird keine Sonne mehr scheinen, du wirst in ewiger Nacht bleiben. Adela erscheint in der dunklen Nacht, sie schwebt wie ein Engel, er hört ihre Stimme: *Wir sind füreinander bestimmt, unsere Liebe bleibt ewig, in Raum und Zeit, nichts kann uns trennen, was auch immer geschehen mag.* Wir werden die Sonne wieder zusammen sehen.

Er öffnet die Augen, streckt die Arme aus, „Adela, Adela!", flüstert er. Sie ist fort. Ein Traum war es, nichts als ein Traum. Nacht umgibt ihn, durch die Ritzen im Strohdach fällt ein Mondstrahl. Er hört ihre Worte: „Unsere Liebe bleibt ewig".

Trommeln, leise und anschwellend, laut und abschwellend hört Adela. Regen, dichter, strömender Regen umhüllt sie, undurchdringliche Baumwände umringen sie, kommen näher, wie tanzend, weichen zurück und kommen wieder näher. Durch die Stämme kann sie auf unendliche Reihen schweißbedeckter Rücken blicken, Arme schwingen, Hände hacken den Boden, auf und nieder, und trommeln gleichzeitig, Gesänge begleiten die Arbeit und die Trommelsymphonie überlagert jede Wahrnehmung. Olufemis ernste Augen blicken sie an, kein Lachen diesmal, er umarmt sie wieder in der verlassenen Schule – alle ihre Sinne erinnern sich. Brandgeruch dringt in ihre Nase, eine Feuerwalze rollt glühend aus der Ferne auf sie zu. Ihre Mutter streckt die Arme nach ihr aus, sie ruft ihren Namen, näher und näher lecken die Feuerzungen, hüllen alles ein, Aschewind erhebt sich und trägt sie fort in tiefes Dunkel.

Sie hört Hundebellen.

Adela öffnet die Augen, sie sind so schwer, es ist Tag. Die Nacht im Traum ist vergangen. Ein freundliches Gesicht blickt sie an, sie fühlt streichelnde Hände auf ihren Armen, eine warme Stimme spricht zu ihr in Yoruba:

„Ruhig, liebes Kind, du bist hier bei uns, ich bin Mama Serafina. Wie heißt du, mein Kind?"

Es ist so schrecklich anstrengend, die Augen offen zu halten, sie schafft es, schaut in ein unbekanntes Gesicht, blickt in sanfte hellbraune Augen – hört eine Stimme: „Sie wacht auf, sie ist bei Bewusstsein, komm', hilf mir, sie ist am Leben."

Sie fasst mit der Hand an ihren Kopf, an die Seite, tastet eine Schwellung. Wieder hört sie die Stimme: „Wir helfen dir, hab' keine Angst. Sag' mir bitte deinen Namen!"

Sie murmelt: „Adela!“

Mama Serafina spricht weiter: „Mein Mann, Baba Oluwole, ist schon ins Dorf gefahren und holt Hilfe. Wir tragen dich in ein anderes Kanu und fahren weiter flussabwärts, in unser Dorf. Du bleibst erst einmal bei uns.“

Adela hat ihre Augen wieder geschlossen. Ihr Kopf tut so weh, ihr ganzer Körper schmerzt.

„Bleib ganz ruhig, hier, magst du etwas trinken?“

Sie nimmt eine kleine Kalebasse, stützt Adelas Kopf mit ihrer Hand und hält ihr den Kürbisflaschenhals an die Lippen. Etwas Wasser rinnt in Adelas leicht geöffneten Mund, sie schluckt es.

„Gut so, das ist erstmal genug,“ sagt Mama Serafina zufrieden.

Während all dies geschieht, schaut Tura aufmerksam zu und wedelt unaufhörlich mit ihrem Schwanz. Immer wieder will sie Adela liebkosen, aber Mama Serafina lässt es nicht zu.

„Wie lange bin ich schon hier?“, flüstert Adela.

„Lange!“, antwortet Mama Serafina.

Ein Kanu gleitet den Fluss hinab, Adela liegt auf Matten gebettet, sie haben die Sitzbänke entfernt, so kann sie einigermaßen bequem liegen. Tura liegt neben ihren Beinen, als sie Adela ins Kanu gelegt haben, ist sie einfach dazu gesprungen. Jeder Versuch, sie daran zu hindern, ist gescheitert. Ein zweites Kanu fährt vor ihnen, darin sitzt Baba Oluwole vorn, Mama Serafina in der Mitte. Kräftige Jungen führen die Kanus, ihre Paddel stechen in gleichmäßigem Rhythmus ins ruhige, dunkel schimmernde Wasser. Sie sind stark, meisterlich paddeln sie. Manchmal springen einzelne glitzernde Fische in hohem Bogen aus dem Wasser und tauchen wieder ein. In der

Ferne kichern Affen, sie springen von Baum zu Baum, menschlich klingt ihr Lachen. Weit reicht das Echo ihrer Stimmen, durchdringt die feierliche Stille des Waldes. Auf den kleinen Grasinseln im Wasser blühen weiße, gelbe und zartlila Blüten. Wenn man länger hinschaut, blühen mehr und mehr auf, fast, als ob die Blicke sie dazu bringen. Seerosen bilden einen Teppich, andere Schlingpflanzen säumen das Ufer. Mangroven strecken ihre weißgewaschenen Wurzelarme aus. Das Wasser gluckert unter den Booten, plätschert, wenn die Paddel eintauchen, aus dem Wald rufen Vögel, „Ekaro!", *Guten Morgen*, rufen Bewohner des Waldes aus vorbeifahrenden Kanus. Aufmerksam spähen die Paddler rechts und links in den Wald. Ab und zu tauchen kleine Gehöfte auf, flache, langgestreckte Häuser, die vom Regen blank gewaschenen Strohdächer schimmern silbrig wie die springenden Fische. Rot-, braun-, weiß- und schwarzbunte Hühner scharren und picken eifrig zwischen Häusern nach Nahrung. Auch kleine Ziegen sind manchmal zu sehen.

Schon über eine Stunde fahren sie dahin.

„Lange dauert es nicht mehr", teilt Mama Serafina Adela mit, „bald werden wir ankommen."

Adela nickt unmerklich, sie gleitet wieder vom Wach- in den Traumzustand.

Die Gesichter ihrer Eltern tauchen immer wieder vor ihr auf, ihre kleinen Schwestern tanzen in der Sonne, wie sie es immer tun, klatschen in die Hände. Nike und Wale winken ihr zu und Olufemi, immer wieder Olufemi. Sie sieht Olufemi trommeln, wie sie ihn so oft bewundert hat. Seine Augen sind geschlossen, dem Rhythmus hingegeben sitzt er auf einer Kiste, die er als Trommel benutzt. Schweiß rinnt von seiner Stirn und Schultern, seine Arme bewegen sich, seine Hände so schnell, dass nur die Konturen erscheinen. Es ist Nacht, eine Mondsichel erleuchtet den Platz. Schemenhaft nimmt sie flache Häuser mit Strohdach wahr. *Wo ist er,* denkt sie, *es ist nicht unser Dorf.*

Sie hört ihn singen: „Adela, Adela, wo bist du? Ich sehne mich nach dir, ich habe Angst um dich".

Aus dem Schatten der Bäume tritt eine Gestalt, sie bewegt sich tanzend vorwärts, mit jedem Schritt wird sie heller und strahlt sternengleich. Sternenketten scheinen an ihrer Silhouette auf und nieder zu gleiten. Sie tanzt an Olufemi vorbei und beginnt zu sprechen: „Adela, fürchte dich nicht, du und Olufemi seid ewig verbunden. Du wirst es bald merken, hab' Vertrauen, Adela."

Adela streckt die Arme aus, sie ruft: „Oya, bist Du es oder Osun? Warte, wo ist Olufemi, sag es mir."

Doch die Gestalt tänzelt bereits wieder zurück in den Schatten der Bäume. *Ach, wenn ich sie doch festhalten könnte.* Olufemi, die Häuser, der Wald werden zu, bis sie endgültig verschwinden.

Ich darf diese Worte nicht vergessen, denkt sie.

„Adela," Mama Serafina beugt sich zu ihr hinunter, wischt die Schweißperlen von Adelas Gesicht und Hals, „du bist hier sicher."

Adela öffnet die Augen.

„Wir sind gleich da, Kind, es dauert nicht mehr lange."

Adela schließt ihre Augen, drückt leicht Mama Serafinas weiche Hand, die sie auf ihrer fühlt.

Versteck

„Ruhig, Junge, ganz ruhig."

Mama Keffi wischt den Schweiß von Olagokes fieberheißer Stirn.

„Es wird wieder gut, mein Junge", sagt sie, er soll nicht merken wie sorgenvoll sie sich fühlt.

Olagoke hat die Augen geschlossen. Sein Brustkorb hebt und senkt sich schnell, die Atmung ist flach. Er trägt einen Verband am linken Arm, seine Hand ist nicht zu sehen.

Mama Keffi hält ihm einen Tonbecher mit Wasser an die aufgesprungenen Lippen.

Sie bringt ihr Ohr näher an seinen Mund.

„Adela, Adela", hört sie ihn sagen. Und dann: „Olufemi muss sterben."

„Nicht so viel sprechen." Sie streichelt ihm die rechte Hand. Ein Feuer glüht weiter hinten in der Höhle.

Auf der Feuerstelle dampft ein Kochtopf, warmes, würziges Aroma entströmt ihm. Mama Keffi rührt darin, zieht ihn dann etwas an die Seite. Vielleicht kann mein Patient ein wenig probieren. Schmerz frisst an ihm, geht ihr durch den Kopf, Wundschmerz und die nagenden Rachewünsche in seiner Seele. Sie hält einen Zweig Rosmarin in das Feuer. Mögen gute Schwingungen um ihn sein, murmelt sie. Auf dem Lager wirft Olagoke seinen Kopf unruhig hin und her, streckt die Arme hoch, bewegt sie in der Luft. Er stöhnt laut. Mama Keffi geht hin und wischt ihm den Schweiß vom Gesicht.

„Lass mich, lass mich, es ist alles vorbei", hört sie ihn.

„Solange Leben da ist, ist Hoffnung", antwortet sie und drückt sanft seine rechte Hand. Zum Glück hat er sie behalten, seufzt sie für sich, es ist schlimm genug, dass er die andere Hand verloren hat. Er ist so ein schöner Mann, er wird sein Glück noch finden können.

„Mein Sohn, beruhige dich, Olodumares Wille wird geschehen."

„Mama, Mama, ich habe eine Bitte. Ich weiß, ich werde sterben. Und ich will sterben. Was ist ein Krieger ohne seine beiden Hände?"

Er malt Zeichen in die Luft.

„Mein Sohn, du hast die rechte Hand, du darfst dich nicht aufgeben."

„Mama, du hast alles getan. Für mich gibt es nichts mehr. Ich danke dir von Herzen. Nur noch dies: Bitte erfülle mir eine letzte Bitte."

Mit seiner fieberheißen feuchten rechten Hand ergreift er Mama Keffis Arm.

„Ich habe eine Verlobte, sie heißt Adela. Unsere Eltern haben uns versprochen. Der Krieg hat die Brautwerbung verhindert. Solltest du irgendetwas über sie hören, sende ihr meinen Gruß. Ich habe sie immer geliebt, sie ist das wunderbarste Mädchen in unserem Dorf und ganz Ketu. Sie will mich nicht heiraten, das weiß ich. Ihr Wunsch wird sich nun erfüllen, ich gehe in den Hain zu den Göttern."

Mama Keffi wischt ihm den Schweiß von der Stirn Seine Augen leuchten in seinem durchsichtig gewordenen Gesicht.

„Wir werden uns alle wiedersehen, und sie wird mein sein."

Sein Kopf fällt zur Seite, seine Lippen bewegen sich. Sie hört ihn murmeln: „Mama, Baba, ihr wart wunderbare Eltern für mich. Ich aber habe euch oft enttäuscht. Vergebt mir, eurem unwürdigen Sohn."

Sein Kopf bleibt still liegen.

Mama Keffi kniet nieder, legt ihren Kopf auf seine Brust, er atmet nicht mehr.

Sie legt seine Hände zusammen, bedeckt den linken Armstumpf mit der rechten Hand.

Mama Keffi kniet vor Olagokes Lager nieder, beginnt zu singen:

„Mein Sohn, es hat Olodumare gefallen,
dich zu sich zu holen.
Oh oh oh oh oh …“

Sie wiegt sich hin und her, reibt sich über Gesicht und Haar.

„Deine Seele wird den Weg in den Götterhimmel finden.
Oh oh oh oh oh …“

Sie streut Kolanussstücke über Olagokes Körper.

„Mein Sohn, es ist Olodumares Wille,
dass du diese Welt verlassen hast.
Wir werden dich fern von deinem Zuhause begraben.
Oh oh oh oh oh …
Du wirst Olodumare nahe sein.
Immer und immer …
Bis wir dich wiedersehen in einer neuen Welt …
Oh oh oh oh oh …
Es ist Olodumare, der alles Schlechte
auf Erden korrigiert.
Es ist Olodumare, der alles erschafft.
Oh oh oh oh oh …
Er ist der Höchste.
Was er will, geschieht.
Was er nicht will, geschieht nicht.
Oh oh oh oh oh …
In unserem Leben ist er der Überlegene!“ [16]

Mama Keffi wiegt sich hin und her, während sie singt, sie ringt die Hände.

Sie ist verzweifelt.

Dies sind keine Zeiten, um die Beerdigungsriten durchzuführen. *Armer Junge, stirbt im fremden Land, kann nicht beerdigt werden mit seiner Familie um ihn herum. Und er wird in fremder Erde liegen.*

Sie sitzt neben Olagoke, sie singt die Totenklage, sie begleitet seine Seele, die aus dem Körper ausgetreten ist, um auf die große Reise zu gehen, die Reise, die alle Menschen eines Tages machen werden.

Viele Stunden sitzt Mama Keffi so und intoniert den Totengesang für Olagoke unter den Flügeln der Nacht. Die Morgendämmerung sendet ihr diffuses Licht durch die grauen Felsen des Höhleneingangs.

Ich brauche Hilfe, ich kann es allein nicht bewältigen, diesen armen Jungen zu seiner ewigen Ruhe zu betten. Ich werde zu Babalawo gehen.

Sie geht hinaus, den staubigen Pfad durch die Felswände bis zur nahen Quelle. Das kühle, klare Wasser erfrischt nicht nur ihren Körper, sondern auch ihre Gedanken nach der traurigen, anstrengenden Nacht. Die Sonne bahnt sich ihren Weg durch die Wolken, blühende Zweige an einem Busch pflückt Mama Keffi, fügt sie zu einem Strauß zusammen. Auch ein wenig frisches Gras für ihren Esel zupft sie. Sie geht zu seinem Rastplatz nicht weit vom Höhleneingang, wo er angepflockt steht.

„Guten Morgen, du Guter", grüßt sie ihn, hält ihm das Gras hin. Er frisst es geräuschvoll, dann reibt er sein weiches Maul an ihrer Hand. *„Ich komme gleich, wir reiten ins Dorf"*, teilt sie ihm mit.

Sie eilt zur Höhle zurück, kniet nieder und steckt Olagoke die Zweige in die rechte Hand. Sein Gesicht ist friedlich.

„Du hast deine Ruhe gefunden, mein Sohn", sagt sie. Sie deckt ihn zu mit einer weichen Felldecke, holt ihre bestickte Ledertasche, steckt etwas Brot hinein und Kolanüsse.

Dann richtet sie ihr langes Haar, dreht zwei Zöpfe und bedeckt sie mit einem blauen Tuch, schlingt einen warmen, blauen Webschal um ihr braunes Kleid. Sie verlässt die Höhle, steigt auf den Grauen und reitet auf dem Pfad dem Dorf Meko entgegen.

Der Weg führt sie durch die hohe, dunkle Felsenschlucht, der Esel kennt ihn schon und setzt seine Hufe dort auf, wo sie Halt finden können. Eindrucksvoll erhebt sich das Felsmassiv neben ihnen, Ziegen grasen und fressen das karge Gras. Ihr dünnes Meckern begleitet ihren Ritt. Die Sonne hat ihren Tageslauf begonnen, morgens um sieben strahlt sie schon heiß und grell. Im kleinen Waldstück finden sie etwas Schatten, der Ritt dauert lange, schließlich erreichen sie den Dorfrand, dort liegt das Haus des Babalawos. Es ist später Nachmittag und beginnt, dunkler zu werden.

Ruhig liegt es da, aufsteigender Rauch verrät: Der Babalawo ist besuchsbereit.

„Baba!“, macht sich Mama Keffi mit ihrem verhaltenen Ruf bemerkbar. Sie steigt ab und bindet den Esel an einen Holzpfahl neben der Hausecke. Auch ein Eimer steht dort, sie lässt ihn trinken.

„Tritt ein, meine Schwester,“ hört sie seine ruhige, einladende Stimme. Sie klopft an die Tür, zum Zeichen, dass sie jetzt kommt, kniet nieder und durchquert den rechteckigen lang gestreckten Raum, setzt sich vor ihm in angemessener Entfernung auf einen niedrigen, reich mit Schnitzwerk verzierten Hocker. In einer Ecke stapeln sich farbige Emailleschüsseln in unterschiedlicher Größe. In einer anderen sind verschiedene Säcke untergebracht. Auf einem Regal stehen Flaschenkürbisse in vielen Größen. Vor ihm liegt das runde Orakelbrett aus dunklem Holz, blank durch jahrelangen Gebrauch. Geschnitzte Ornamente verzieren rundum den Rand.

Er steht auf, umarmt Mama Keffi, sieht sie prüfend an.

„Schwester, du kommst spät. Kein Wunder bei dem langen Weg. Deine Wangen sind blass, Tränen haben sie genetzt, ich habe schon auf dich gewartet.“

„Du hast mich erwartet?“

„Ja, meine Schwester, ich fühlte dein Kommen. Welche Neuigkeiten bringst du mir?“

Mama Keffi erzählt ihm, was in ihrer Höhle geschehen ist. „Olagoke muss begraben werden“, schließt sie, allein schaffe ich das nicht.

Babalawo wiegt seinen Kopf hin und her.

„Armer Junge, so weit entfernt von seiner Heimat. Mama Keffi, du hast alles gut gemacht, ich bin stolz auf dich.“

Er klatscht dreimal in die Hände. Ein Junge kommt herein, verbeugt sich ehrfurchtsvoll.

„Geh’ und rufe Baba Omolanke!“, trägt er ihm auf.

Der Junge verbeugt sich und läuft davon. Bald darauf klopft es und ein alter Mann kommt herein, auch er verbeugt sich vor dem Babalawo, bevor er sich auf einen der Hocker setzt. Er hört die Geschichte. Babalawo beauftragt Baba Omolanke damit, Olagoke morgen früh aus der Höhle zu holen, ihn dann zu begraben. Von seinen Gehilfen wird er drei starke junge Männer mitschicken, die dem Baba helfen werden.

Baba Omolanke hört sich alles an und nickt. Weitere Fragen stellen muss er nicht. Mama Keffis Sachen müssen auch aus der Höhle geholt und hinuntergebracht werden. Danach wird die Höhle ausgeräuchert und saubergemacht. Babalawo gibt den Trägern, die inzwischen gekommen sind, die Befehle und erklärt ihnen die Aufgaben. Danach verlassen Baba Omolanke und die Träger das Haus. Sie werden sich heute Abend auf den Ritt und die Arbeit morgen vorbereiten.

„Danke, Baba, ich bin so froh, dass du mir hilfst.“

„Schwester, du weißt doch, wo ich bin. Wir kennen uns so lange, sag nichts mehr.“

Wieder klatscht er in die Hände. Ein junges Mädchen erscheint und macht einen Knicks vor ihm.

„Imade, hole Akara für Mama Keffi und für mich“, trägt er ihr auf. Sie nickt, knickst wieder, bevor sie geht, um die Bohnenkuchen zu holen.

Bald ist sie wieder da, schiebt einen kleinen Tisch heran, legt zwei grüne Päckchen darauf. In den Papayablättern sind dampfende, warme Akara, die Bohnenkuchenpätzchen eingewickelt. Dann entfernt sie sich knicksend.

„Iss, meine Schwester, stärke dich nach all den Aufregungen“, lädt Babalawo Mama Keffi ein und beginnt, sein Päckchen aufzuwickeln. Der würzige Duft erfüllt die Luft. Sie essen schweigend den warmen, pfefferigen und frischen Akara.

Draußen hören sie Schritte, Füße scharren, es klopft.

„Guten Abend!“, hören sie eine Frauenstimme, andere Stimmen antworten.

„Ist Babalawo da?“, fragt die Stimme.

„Er ist beim Essen und hat Besuch“, hören sie Imade antworten.

„Ich warte dann, “ sagt die Stimme wieder, „sag ihm bitte, dass ich hier bin, Mama Serafina.“

„Mama Serafina“, ruft Babalawo von drinnen, komm herein, wir essen, du kannst gleich daran teilnehmen!“, und ruft lauter nach Imade:

„Imade, hol noch mehr Akara für uns und bring noch Wasser.“

Mama Serafina tritt ein.

„Mama Keffi“, grüßt sie, „wie geht es dir? Hast du Sehnsucht nach uns gehabt?“

Meko

„Ja, Mama Serafina, ich habe große Sehnsucht nach euch gehabt.“

Sie umarmen sich, dann trinkt sie einen Schluck Wasser. Sie legt ihre schmalen Hände in den Schoß.

„Aber eigentlich wollte ich noch gar nicht zurück sein.“

Sie erzählt Mama Serafina, was sie erlebt hat, seit sie sich in die Höhle zurückgezogen hatte, um zu fasten. Wie der verletzte Olagoke dort Zuflucht suchte.

„Er hatte keinen Lebenswillen mehr“, sagt Mama Keffi, „er war zutiefst unglücklich, dass er seine Hand verloren hatte. Und nicht nur das, fern von seinen Eltern, von seinen Freunden, von seiner Stadt. Und immer wieder murmelte er einen Namen, *Adela, Adela,* sagte er, Olufemi soll Adela nicht bekommen, nicht bekommen ...“

Sie schüttelt langsam ihren Kopf.

„Wohin soll das alles noch führen, dieser schreckliche Krieg? Wieder haben die Fon Ketu angegriffen. Weil Oyos König mehr und mehr Tribut von ihnen fordert, wollen sie sich an kleineren Königreichen vergreifen. Sie haben es nicht geschafft. Dafür mussten die Bewohner von Iwoye große Verluste hinnehmen. Sie tun mir alle so leid, junge Männer wie mein Gast müssen sterben, durch die Willkür der Herrscher. Wer weiß, wie viele tapfere Krieger aus Ketu und Iwoye sterben mussten. Und wozu?“, fügt sie hinzu.

„Adela?“, fragt Mama Serafina, „Adela heißt das Mädchen mit dem Hund, das wir am Fluss gefunden haben.“

„Was für ein Mädchen mit Hund?“ Mama Keffi schaut sie fragend an. „Woher kommt sie denn?“

Und Mama Serafina erzählt ihnen, was sie weiß und was sie sich so denkt. Der Babalawo sagt nichts, Mama Keffi denkt an Olagoke und all die anderen, die sie nicht gesehen hat mit ihren Schicksalen. Sie schlägt die Hände zusammen und schüttelt den Kopf.

„Es sind nicht nur die Kriege", wirft Babalawo ein, „es sind auch Weiße, Oyinbos[17], aus den Ländern über den großen Wassern. Sie landen an unseren Küsten, reden mit unseren Leuten, mit unseren Herrschern, reisen ins Hinterland, bieten ihnen Waren und verlangen dafür unsere Brüder und Schwestern. Viele von unseren Königen sind leider dazu bereit, sie bekommen Waffen, Spiegel, Schmuck. Andere wollen nicht einwilligen, dann brennen die Fremden die Dörfer nieder, fangen die Flüchtenden mit großen Netzen, legen sie in Fesseln und treiben sie wie Vieh an die Küste. Sie werden mitgenommen, dann werden sie zur Ware! Ich höre, sie fahren dann mit Schiffen in ihre Länder, sie verkaufen unsere Verwandten auf Märkten, nie mehr werden sie gesehen.

„Woher hast du das gehört?", fragen die Frauen.

„Es sind Einzelne zurückgekommen, sie haben es irgendwie geschafft und sie haben es erzählt. Du weißt, wir erfahren alles, die Trommeln sprechen und die Menschen. Und immer wieder ziehen Besucher durch unser Dorf!"

„Hört, was passiert ist", erzählt Mama Serafina weiter. Sie wickelt sich ihr buntes Tuch fester um die Schultern, trinkt einen Schluck Wasser. Dann erzählt sie den Freunden die Ereignisse.

„Und stellt Euch vor, sie hat eine Hündin dabei. Eine Hündin! Sie folgt ihr überall hin und lässt das Mädchen nicht aus den Augen."

„Sie muss ein ganz besonderer Mensch sein, wenn sie von einem Tier begleitet wird!", bemerkt Babalawo. „Das habe ich noch nie erlebt."

„Ja, die Hündin schläft vor dem Haus, sie lässt sich nicht wegscheuchen."

Imade hat sich draußen vor die Tür gehockt und hört den Erzählungen zu. *Du meine Güte, eine Fremde in unserem Dorf! Und sie scheint so wichtig zu sein, dass alle sich über sie Gedanken machen! Na, ich werde ihr schon beibringen, wie es hier im Dorf zugeht und dass sie nicht die Hauptperson ist.* Sie seufzt tief auf und schüttelt ihren Kopf.

Wieder hört sie Mama Serafina.

„Ja, Baba, und darum bin ich hier, ich dachte, du könntest mal vorbeischauen und dir die junge Frau ansehen", endet sie ihre Erzählung. „Das heißt, wenn sie wach ist, sie hat bis jetzt ununterbrochen geschlafen! Bitte komm' doch morgen früh, wenn du Zeit hast."

„Wir sollten keine Zeit verlieren", antwortet der Babalawo, „Mama Keffi braucht erstmal einen guten Schlaf, danach sehen wir bestimmt klarer! Morgen ist ein neuer Tag! Wir kommen am späten Vormittag."

„Du bist hier in den besten Händen!", fügt Mama Serafina hinzu und schaut Mama Keffi an. Sie kennt die Freundin schon lange und freut sich so sehr, dass sie nun wieder da ist. Sie fühlt, dass alles gut werden wird.

„Um dich müssen wir uns keine Sorgen machen. Ich bin glücklich, dass du wieder bei uns bist!"

Plötzlich stehen Tränen in Mama Keffis Augen.

Mama Serafina verabschiedet sich.

„Bis morgen, bis morgen!", rufen sie sich zu, Babalawo und Mama Keffi bringen Mama Serafina nach draußen. Als sie ins Haus zurückkehren, wendet der Babalawo sich an Mama Keffi:

„Du solltest dich jetzt ausruhen nach all der Aufregung. Morgen können wir nach deinem Haus sehen, Imade kann bestimmt helfen, es zu richten. Deine Sachen können so lange hier bleiben."

„Das ist wunderbar!" Mama Keffi lächelt. „Ich bin sehr müde!"

„Natürlich, das ist doch kein Wunder nach all den Aufregungen und Anstrengungen. Imade wird dir ein Lager richten. Dein Hause muss erst gesäubert werden. Du bist willkommen hier, das weißt du doch!"

Sie blickt ihn an und lächelt.

„Nichts wünsche ich mir mehr! Bei mir kannst du

dich wirklich erholen von den Strapazen und der traurigen Zeit. Ich bin so froh, dass du wieder hier bist. Ich habe dich so sehr vermisst. Komm zu mir!"

Er stellt sich vor sie und legt eine Hand unter ihr Kinn. In seinen Augenwinkeln leuchtet ein Lächeln. Er greift nach ihrer Hand und legt seine beiden Hände über sie. Ein warmer Strom durchflutet beide. Sie merkt, wie sehr sie ihn vermisst hat.

„Du weißt doch, dass du schon lange in mein Herz eingezogen bist. Ich brauche dich jetzt endlich an meiner Seite, bevor es zu spät ist!"

„Ach, Abiodun", nennt sie ihn jetzt bei seinem Geburtsnamen, sie kennen sich so lange, „zu viel ist geschehen."

„Das weiß ich, geliebte Alika, aber du warst es, die mein Herz berührt hat, du bist immer in meinen Gedanken. Es war uns nicht vergönnt, die Wegstrecke unseres Lebens bis hierher zusammen zu gehen. Du hast dich fortwährend zurückgezogen, in die Berge, und ich habe allein vor mich hin gelebt. Wir haben so viel Trauriges durchgemacht. Sollen wir immer noch allein sein und uns einsam fühlen? Ich will dir nahe sein, du weißt, diese Worte sage ich sonst nie, zu keiner meiner Frauen, die mich begleitet haben, habe ich sie sagen können. Aber du, du bist es, die ich meine wahre Königin des Herzens nennen kann. Ich wusste es schon immer, aber jetzt will ich es leben."

Er umarmt sie, Mama Keffi fühlt sich glücklich, seine Wärme zu spüren, sein Mund bedeckt ihr Haar, ihr Gesicht, er küsst die Tränen aus ihren Augen fort. Sie lässt es geschehen, sie will ihre Gefühle jetzt nicht mehr zurückhalten.

Am nächsten Vormittag machen Mama Keffi und Babalawo sich auf den Weg zu Mama Serafinas und Baba Oluwoles Haus. Es ist nicht allzu weit, erst führt der Weg durch die Hauptstraße, sie ist sandig und ausgetrocknet. Es hat lange nicht geregnet. Ihre Füße wirbeln kleine Staubwölkchen hoch. Die Tamarisken an beiden Seiten geben ein wenig Schatten, sie sind mit Staub bedeckt, die Sonne brennt so heiß. Die Regenzeit kommt noch lange nicht. Mitten auf der Straße trotten kleine und große Ziegen. Hier und da streunt ein Hund am Rand.

Endlich beginnt das Waldstück, schmale Pfade, die immer wieder freigehackt werden, führen zu kleinen Ansiedlungen im Inneren. Es sind kärgliche Dörfer mit wenigen Häusern. Sie treffen einige Frauen und Männer, ihre schweren Lasten tragen sie auf dem Kopf zum Markt. Alle Entgegenkommenden betrachten die beiden aufmerksam, sie grüßen und verbeugen sich ehrfürchtig vor Babalawo und Mama Keffi. Sie begegnen Müttern mit ihren Säuglingen auf dem Rücken. Sie sind bepackt mit Bündeln von Feuerholz, auf ihrem Kopf balancieren sie Tabletts mit Früchten. Ihre handgewebten Kleider leuchten im Grün der Büsche und Bäume, wer nicht barfuß geht, trägt Ledersandalen.

Als sie den Waldweg verlassen, sehen sie Baba Oluwoles und Mama Serafinas Haus in der Ferne, aus braunen Lehmziegeln gebaut passt es sich den Farben der Umgebung an, unendliche Schattierungen von grün und braun. Es steht allein, umgeben von einem Garten, der mehr einer Farm gleicht. Überall wachsen Kassava- und Yampflanzen. Die richtige Farm ist ungefähr eine Stunde zu Fuß entfernt. Hier im Garten haben Baba Oluwole und Mama Serafina auch Gemüsepflanzen und Kräuter gezogen, die sie täglich brauchen.

Die aus unbehandeltem Holz gezimmerten Fensterläden sind noch geschlossen, aber im Garten treffen sie Baba Oluwole an. Er hackt in der Erde und häufelt die Kassavapflanzen an. Weiter hinten im Garten ist ein junger Irokobaum gewachsen. Er überragt schon das Haus und sieht kräftig aus, es ist eine Ehre, wenn dieser besondere Baum sich seinen Platz aussucht. Ein Irokobaum wählt sich den Platz selbst aus, wo er gedeihen möchte. Baba und Mama haben ihn begrüßt und pflegen ihn sorgfältig, legen ab und zu kleine Geschenke neben ihn. Er ist ein Schutz für sie und ihr Haus. Sie grüßen ihn wie einen Freund.

Als Baba Oluwole sie sieht, legt er die Hacke auf den Boden und wischt sich die Hände an seiner Arbeitshose ab.

„Seid gegrüßt, meine Freunde! Mama Serafina hat euch schon angekündigt! Mama Keffi, so ein seltener Gast, und mein Freund Babalawo.“

Sie umarmen sich.

„Kommt herein, es ist noch etwas kühl drinnen!“

„Danke, mein Freund!“

Da kommt Mama Serafina.

„Willkommen, kommt herein, setzt euch, unser Gast ruht sich noch aus, sie ist so schwach, sie schläft die ganze Zeit! Ich möchte sie nicht wecken. Schlaf ist der beste Heiler!“

Tura hat sich kurz erhoben, als alle eintreten, sich geschüttelt und sich dann wieder hingelegt. Mama Keffi ist kurz stehengeblieben, dann aber weiter gegangen, als sie merkt, dass Tura ganz friedlich ist.

„Wir haben uns an den Hund gewöhnt, sie tut nichts, sie ist einfach nur da!“, erklärt Mama Serafina.

„Wo ist denn das Mädchen, das euch immer geholfen hat?“, fragt Mama Keffi.

„Sie ist nach Hause gegangen, jemand aus der Familie ist krank, sie musste dort helfen!“

„Und schafft ihr denn die ganze Arbeit allein? Die Farm, das Fischen, Kochen, alles?“

„Es geht schon, aber wenn ihr etwas hört, ob ein Mädchen Arbeit sucht, schickt sie her, bitte.“

Mama Serafina öffnet die hölzernen Fensterläden halb, es ist dämmerig, durch die Ritzen dringt Licht, die Augen gewöhnen sich schnell an das Zwielicht.

„Setzt euch bitte, ruht euch aus!“, lädt Mama Serafina die beiden ein.

Baba Oluwole geht und holt die Kalebasse mit Wasser und die Trinkgefäße, dazu eine kleine Schale mit Kolanüssen. Er bricht eine Nuss in vier Teile, spricht Grußworte, segnet alle und dankt für den Besuch.

„Es ist so lange her, dass ihr bei uns wart, es ist uns eine Ehre, dass ihr gekommen seid“, sagt er. Alle kauen bedächtig die Nüsse, Mama Keffi bewundert den geschnitzten Tisch und die Hocker.

„Wir haben hier so einen begabten Schnitzer, er hat uns die Möbel geschenkt, er dankt damit Gott für seine Gabe!“

„Das hört man auch nicht oft, so ein selbstloser Mensch!“, wundert sich Mama Keffi.

So sitzen sie eine Weile, es gibt so viel zu erzählen. Sie beschließen, Adela schlafen zu lassen.

„Wir sollten warten, bis sie von selber aufwacht!“, meint Mama Serafina.

„Das denke ich auch“, entgegnet Babalawo. „Das Wichtigste ist, dass wir euch wieder einmal besucht haben. Alles andere wird sich finden! Komm!“, er streckt seine Hand aus, Mama Keffi ergreift sie, „lass uns gehen und nach deinem Haus sehen, ob es noch bewohnbar ist, es muss ganz bestimmt hergerichtet werden! Wir kommen zurück, sobald euer Gast dazu bereit ist! Danke für alles!“

Sie brechen auf.

Gedankenvoll bleiben Baba Oluwole und Mama Serafina zurück, nachdem sie Babalawo und Mama Keffi verabschiedet haben.

„Sie sind sehr rücksichtsvoll. Es ist besser so. Wir warten noch. Komm!“

Sie gehen ins Haus.

Babalawo und Mama Keffi sind in ihrem kleinen Haus angekommen. Es ist wie alle Häuser aus braunen Lehmziegeln gebaut, ein Strohdach bedeckt es. Der Garten ist zugewachsen. Sie schiebt den Riegel aus der Öffnung im Türrahmen. Niemand hat ihn in ihrer Abwesenheit berührt, das merkt sie gleich.

Sie hatte alles mit Tüchern bedeckt, bevor sie in die Berge geritten ist. Sie gehen durch die Zimmer, vorn im Besucherzimmer liegt der Staub dick auf den Tüchern und kleinen Gegenständen. Steinskulpturen, Figuren aus Holz, Kalebassen. Im Schlafzimmer flimmert die Luft vor Staub, die Sonne scheint durch die Ritzen in den Holzläden vor den beiden Fenstern.

„Ich werde dir Imade schicken, sie kann dir helfen. Es ist zu viel Arbeit für dich. Sie wird deinen Esel mitbringen. Du kannst dich erstmal einrichten."

2

Donnergrollen

Neues Leben

Alles ist ruhig. Adela ist wach geworden, versucht sich zu orientieren. Es ist noch Nacht. Sie lauscht, draußen strömt der Regen herunter. Sie weint und kann die Tränen nicht aufhalten, sie laufen über ihr Gesicht, den Hals und die Brust. Es ist Regenzeit. Tränenzeit. Ein Eulenruf von draußen, *die Eule muss in einem nahen Baum sitzen,* der Irokobaum im Hof der verlassenen Schule in ihrem Dorf drängt sich in ihre Gedanken. Eulen lieben Irokobäume, *irgendwo muss ein Irokobaum sein.* Sie hält die Hand vor den Mund, um einen lauten Schluchzer zu ersticken. Ein Schakal heult weit in der Ferne, der klagende Ton des Tieres lässt sie frieren. Sie fällt wieder in einen unruhigen Schlaf.

Als sie wieder wach wird, dämmert es. Der Regen hat aufgehört, und wirklich ... sie hört einen Hahn krähen. Durch ihre geschwollenen Lider erkennt sie Schemen im ländlich und bescheiden ausgestatteten Raum, Schlafmatten stehen in einer Ecke, ein kleiner kunstvoll geschnitzter Hocker davor. Die Ritzen in den hölzernen Fensterläden sind von der Nachtschwärze in ein dunkles Grau übergegangen. *Wo bin ich, wie bin ich hierhergekommen?* Sie tastet an ihrem Körper entlang, der Stoff fühlt sich fremd an. Es ist nicht ihr Kleid. Das Gewebe ist fest, sie fühlt verschiedene Strukturen. *Aso-Oke,* denkt sie, *wie ist es an mich gekommen?* Sie versucht aufzustehen, es geht ganz gut. *Ich muss hinausgehen. Steh mir bei, Osun,* betet sie innerlich, *ich muss nach draußen, auch wenn es Nacht ist und regnet.* Sie tastet sich an der Wand entlang, um die Tür zu suchen, sie ist nicht verschlossen. Es sind einfache Bretter, zusammengebunden mit Raffia. Sie öffnet die Tür achtsam, ein langer Flur liegt vor ihr. Ihre Augen haben sich jetzt schon an die Dunkelheit gewöhnt. Sie bemerkt den vertrauten Grundriss, *es ist ein Yoruba Haus, wenigstens das – beruhigend. Wo ist Tura?* Ihr fällt nach und nach ein, was geschehen ist, so lange her erscheint es ihr. Sie tastet sich vorsichtig an der Wand entlang, *Osun, Osun, begleite mich,* kreisen ihre Gedanken unablässig.

Das muss die Haustür sein, sie tastet dickeres Holz, einen festen Hebel, sie hebt ihn hoch und zieht an der Tür. Da ist Tura schon bei ihr, stupst ihre feuchte Schnauze in Adelas Hand, ein jubelndes langgezogenes Freudenjaulen folgt. Dann ein Schütteln des Hundekörpers, ein sich auf die Erde Werfen, Herumrollen, Aufspringen, Hin- und Herlaufen, wieder Rollen. Es folgen winselnde, hohe Laute, ausgestoßen in der übermäßigen Freude, ihre Herrin wieder zu sehen. Sie springt hoch, leckt Adela schnell übers tränenfeuchte Gesicht. Adela umarmt Tura, streichelt sie zärtlich, spricht ruhig auf die nicht zu beruhigende Hündin ein. Beide sind glücklich. Adela hält sie fest, Tura leckt ihre Hand, legt eine Pfote auf ihren Bauch. Adela kniet nieder und umarmt Tura, spürt ihre Wärme und legt kurz ihren Kopf an Turas Hals. Wie glücklich sie in diesem Augenblick ist, Tura ist Heimat für sie, Zuhause! Sie steht auf und blickt sich um, die Morgendämmerung zieht auf, sie erkennt Stöcke, die im Zwielicht Muster in den grauen Himmel zeichnen, die Blätter der jungen rankenden Yampflanzen erinnern sie an den Garten ihrer Mutter. Eine Katze schleicht geduckt zwischen den aufgehäufelten Erdhügeln und Tura knurrt ein bisschen. Sie geht einen schmalen Weg entlang, *irgendwo weiter hinten muss die Latrine sein.*

Wie auf allen Yoruba-Grundstücken, ganz am Ende sind die Gräben, die regelmäßig umgegraben werden.

Als sie den Weg zurückgeht hört sie eine tiefe Stimme: „Ekaro"[18].

Sie dreht sich um, erspäht einen Mann, in der zunehmenden Helligkeit erkennt sie, dass er dem Alter nach ihr Vater sein könnte. Er trägt grün und braun gemusterte Baumwollhosen und eine ärmellose Buba, die traditionelle Bluse für Männer und Frauen im selben Muster, seine passt zur braunen Erde und den grünen Pflanzen. Eine rote Kappe bedeckt sein Haar, in der Hand trägt er ein Hölzchen. Sie erwidert den Morgengruß und knickst.

„Ekaro, Baba!", grüßt sie.

„Meine Tochter, endlich bist du erwacht, wie geht es dir?"

Adela weiß nicht, was sie antworten soll.

„Wo bin ich", fragt sie.

„Du bist in Meko, im Haus von mir und meiner Frau, Mama Serafina. Komm, setz dich."

Sie setzt sie sich auf die Bank, Tura legt sich vor sie hin, Hähne krähen in der Ferne, das Dorf erwacht ganz langsam. Baba Oluwole trennt das Gewebe des Rätsels auf und erzählt Adela, wie er und seine Frau sie gefunden haben und alles, was danach geschah. Adela hört zu, es ist, als ob sie eine Geschichte über jemand anderen hört. Sie hört zu. Allmählich erzählt sie stockend, woher sie kommt, warum sie auf der Flucht ist.

„Mein Kind, hier bist du erstmal sicher, so sicher, wie überhaupt ein Mensch in diesen Zeiten sein kann. Du kannst hier bleiben und dich erholen. Das habe ich schon mit Mama Serafina besprochen. Bestimmt kommt sie gleich, vorhin schlief sie noch."

„Ekaro, hier bin ich", antwortet Mama Serafina, die gerade aus dem Haus tritt. Adela wirft sich vor ihr nieder, umklammert ihre Beine und stößt stammelnde Dankesworte aus, wieder weint sie. Mama Serafina hebt sie liebevoll hoch. Sie umarmt sie und tröstet.

„Ganz ruhig, mein Kind, du bist jetzt hier bei uns und darfst solange bleiben, wie du möchtest. Es wird sich alles finden. Eledumare hat dich in unsere Hände gegeben, so sei es nun. Ich zeige dir jetzt, wo du dich erfrischen kannst, um den Tag zu beginnen. Lass dir Zeit, ich werde noch ein Kleid für dich finden. Deine Hündin hat hier geduldig darauf gewartet, dass ihre Herrin wieder erscheint. So etwas habe ich noch nie erlebt. Komm."

Inzwischen ist es heller geworden, der Tag beginnt, die Sonne erscheint hinter den Bäumen. Die zackigen Berge am Horizont liegen da wie mit Gold übergossen, die Morgennebel haben sich verzogen. Mama Serafina zeigt Adela den Weg, der nach hinten im Garten zum Badehaus führt, ein Holzverschlag, eine Kiste darin, ein frischer Strohschwamm liegt schon darauf, die braune Pflanzenseife. Ein großer Wasserbehälter aus Holz, ein kleiner Behälter zum Schöpfen und Übergießen, alles ist da, um eine erfrischende Dusche zu nehmen. Adela stammelt nur: „Danke, Mama Serafina, danke."

Sie zittert, es ist frisch.

„Wenn du fertig bist, kannst du erst mal essen, mein Kind, es wird dich wieder zu Kräften bringen, verzage nicht. Meine Gebete wurden gehört, du bist erwacht, deinen Kummer kann dir niemand nehmen, aber wir sind bei dir."

Wieder kniet Adela sich nieder, umarmt Mama Serafinas Beine.

„Kind, nun geh, lass", zärtlich wird Adela ins Badehaus geschoben.

Nachdenklich geht Mama Serafina zurück zum Haus. Ihr Mann putzt sich die Zähne mit einem Hölzchen, spuckt die gebrauchten und zerfaserten Stücke zur Seite. Sie setzt sich auf die Bank, es ist noch so früh.

„Das Kind muss erst mal zu Kräften kommen", sagt sie zu ihrem Mann.

„Mmmhh, es wird schon", antwortet ihr Mann, „du wirst schon dafür sorgen, dass es ihr bald gut geht. Es ist noch so früh am Morgen, lass den Tag erst mal beginnen. Ich gehe nachher Fischen, mal sehen, was es für Neuigkeiten gibt."

Grau hängt der Himmel nach der Regennacht, die Luft ist trotzdem warm. Ziegen meckern in der Ferne. Vogelzwitschern – Webervögel fliegen mit Palmfasern in den

Schnäbeln zwischen den Palmen hin und her und bauen ihre Nester. Mama Serafina hat nicht lange Zeit, die Morgenatmosphäre zu genießen, sie denkt an ihren Schützling, den Gott ihr geschickt hat und macht sich daran, ein Feuer anzuzünden. Sie nimmt zwei kleine Stücke trockenes Holz, je mit einem kleinen Loch an der Seite. Ein anderes kleines Stück, unten rund, dreht sie so schnell in einem der Löcher, bis es Funken schlägt. Sie hält trockenes Moos daran, das Feuer fängt. Sie hat zwei dicke Äste bereit gelegt und legt sie mit dem brennenden Scheit in den Steinofen. Sie beginnt, auf einem großen, flachen Stein Bohnen zu Brei zu reiben und mischt den Brei mit Öl, Salz und Pfeffer in einer Kalebasse, füllt Öl in ein Tongefäß, erhitzt es über dem Feuer und gibt mit einem geschnitzten Schöpflöffel aus der Frucht des Kalebassenbaums kleine Mengen des Bohnenbreis in das Öl, wo sie sofort in Klumpen gerinnen und anfangen, im Öl zu schwimmen. Wenn sie goldbraun sind, legt Mama Serafina sie auf Papayablätter auf einen anderen großen, flachen Stein zum Abkühlen.

So brät sie Bohnenkuchen, Akara, in dem heißen Öl, bis sie genug hat zum Frühstück für alle.

Adela kommt zurück, erfrischt von ihrem Bad. Sie grüßt Mama Serafina mit „Eku ese!"[19]

„Magst du essen, ich habe Akara?", fragt Mama Serafina freundlich und blickt Adela aufmerksam an.

Adela dankt und schüttelt den Kopf.

Sie hat solche tiefen Ränder unter den Augen, die Arme, denkt Mama Serafina, *und sie mag nicht essen. Nun, sie wird schon mit mir reden, auch wenn sie ein Geheimnis mit sich herumträgt.*

Adela schaut Mama Serafina an, sie hat das Gefühl, die klaren, klugen Augen dieser freundlichen Frau wissen alles, auch ohne dass man viel spricht.

„Wie lange habe ich denn geschlafen?", fragt sie jetzt.

„Vier Tage bist du jetzt bei uns, seit dem hast du vor

dich hin gedämmert, ich bin ja so froh, dass du aufgewacht bist. Komm, trink ein wenig Kräuteree, er wird dir Appetit machen!" Sie hält Adela die Holzschale hin.

„Es ist der Honig drin, den Baba Oluwole gestern aus dem Baum geholt hat!"

„Oh, ja, gern." Adela nimmt die Schale.

Die süße warme Flüssigkeit tut so gut.

„Komm, iss doch ein Stückchen!" Sie hält Adela ein Blatt mit den frischen Bohnenkuchen hin. Adela nimmt sie jetzt dankend entgegen und macht einen Knicks, sie setzt sich auf einen kleinen Hocker und beginnt vorsichtig, kleine heiße Stücke abzubeißen.

Einrichten

Sorgfältig legt Imade den großen Yam auf die Erde, den sie gerade schält, als sie ihren Namen hört:

„Imade, Imade, wa, wa, wa!"[20] *Das kann nur Arbeit bedeuten.* Sie läuft zu Babalawo und klopft an die halboffene Tür, zum Zeichen dass sie da ist, tritt ein und knickst. Er hebt die Hand zum Gruß.

„Setz dich, Imade!" Dabei deutet er auf den geschnitzten Hocker. „Du weißt, Mama Keffi ist wieder da. Sie braucht Hilfe, sich einzurichten. Ich habe mir gedacht, dass du eine Weile zu ihr ziehst, um ihr zur Hand zu gehen."

Imade nickt, was kann sie auch anderes tun, sie hat zu gehorchen. In ihrem roten Kleid und dem blauen Kopftuch steht sie, das Messer in der Hand, und schaut ihn mit ihren schmalen dunklen Augen aufmerksam an. Sie blickt ernst und konzentriert. Mit Babalawo spaßt man nicht, wenn er einem Aufträge gibt. Ihr Haar ist vollkommen bedeckt, ihr Mund steht leicht offen.

„Ich habe hier noch andere Nichten, die mir helfen können, du bist die zuverlässigste. Ich erwarte, dass du dein Bestes tust. Was sie anordnet, wirst du tun, geradeso, als ob ich es dir auftrage. Ihr Esel steht noch hier bei uns. Heute Nacht bleibt sie hier, um sich wieder einzuleben. Packe einige Sachen zusammen, Gari, Isu, Efo, Ewa[21], daraus kannst du etwas kochen für den Anfang, wenn sie wieder im Haus wohnt. Afolabi kann dir beim Tragen helfen."

Imade nickt. Sie will aufstehen.

„Imade, warte noch, hier, nimm das bitte." Babalawo steht auf, geht zu seinem Regal und gibt Imade ein großes Stück Aso Oke[22], hellbraun und beige, wunderbar aus vielen schmalen Bahnen mit Goldfäden darin gewebt.

„Bringe dies zu Mama Keffi und grüße sie von mir. Sie wohnt in dem Zimmer ganz hinten im Flur. Und hier, das ist für dich, meine Tochter, du machst deine Arbeit gut.“

Er zieht eine Stoffbahn aus dem Regal, ein dunkelblau gefärbtes Stück, ein Schal.

„Er wird dir gut stehen, Imade.“

Imade nimmt den Stoff und zeigt ihr Erstaunen nicht. Sie knickst und dankt Babalawo überschwänglich. *Wieso schickt er Aso Oke zu Mama Keffi?*

„Nun geh, Imade, bring’ zuerst Mama Keffi das Geschenk!“

„Na, Imade, soll ich dir helfen? Der Esel macht dir doch bestimmt Angst?“

Das kann doch nur Afolabi sein, dieser Angeber, denkt Imade, als sie seine Stimme hört.

„Hast du gelauscht? Dann weißt du ja, dass du mir helfen sollst!“

Sie ist froh und zeigt es auf keinen Fall – er braucht es nicht zu wissen – die Sachen sind ganz schön schwer und vor dem Esel hat sie ein bisschen Angst.

„Wieso soll ich Angst haben?“, gibt sie zurück, nie würde sie das vor ihm zugeben.

„Naja, du bist doch ein Mädchen. Die haben doch Angst vor Tieren.“

„Was soll das denn heißen, schließlich gehört der Esel doch Mama Keffi!“

Afolabi lacht. „Mama Keffi, die hat doch Zauberkräfte, ihr gehorchen doch alle, sogar die Tiere.“

Er lacht laut sein raues Jungenlachen.

Imade wird rot, sie wirft ihren Kopf mit den vielen Zöpfen unter dem Kopftuch zurück.

„Imade, weißt du denn nicht, dass Babalawo und Mama Keffi schon lange ein heimliches Paar sind?"

„Was sagst du da, Afolabi! Pass bloß auf, dass Babalawo dich nicht hört."

Während sie sich so unterhalten, hat Afolabi den Esel angeschirrt, Imade hat die Lasten auf den Rücken des geduldigen Esels gebunden. Er lässt alles mit sich machen, er ist ein gutmütiges älteres Tier. Während sie die Schnüre zusammenzurrt, hat Afolabi schnell seine Hand auf ihre gelegt.

„Du wirst mir fehlen, Imade, komm, gib's zu, ich werde dir auch fehlen."

Er beugt sich vor und küsst sie auf die Wange

„Afolabi", ruft sie, „wenn uns jemand sieht. Außerdem, du musst nicht denken, weil ich eine Waise bin, kannst du mich leicht haben, da irrst du dich. Ich nehme lange nicht jeden."

Er blickt sich schnell um, niemand ist zu sehen. Er nimmt Imades Hände und zieht sie an die Hauswand. Dann stützt er beide Arme an die Wand.

„Du bist meine Gefangene, Imade", sagt er und lacht. „Nur ein Kuss kann dich befreien."

„Afolabi, bitte, lass mich, ich muss gehen."

„Erst ein Kuss, Imade, bitte."

Er beugt sich vor, um sie zu küssen.

Sie schlüpft schnell unter seinen Armen durch, rennt zu dem Esel, bindet ihn los und ruft: „Komm, Afolabi, begleite mich. Ich darf keine Zeit verlieren."

„Komm, ketekete[23], komm", lockt sie den Esel, und gehorsam setzt er einen Huf vor den anderen und folgt ihr. Afolabi kommt an ihre Seite.

„Ich begleite dich, Imade, sehr gern sogar."

Afolabi, sie hat ihn immer schon heimlich gemocht, den Neffen Babalawos, auch wenn er manchmal etwas aufschneidet. Er war immer nett zu ihr, einer Waise. Er ist höflich und arbeitsam. Dass er sie jetzt begleiten will, ihr hilft und sie nicht nur ausnutzt, ist ein gutes Zeichen.

Ich werde ihn noch prüfen müssen, die jungen Männer sind doch alle gleich. Und gerade ich, als Waisenmädchen, kann niemandem trauen. Diese Jungs, sie können immer schön reden.

„Imade, ich mag dich schon lange, ich werde mit meinem Onkel reden. Ich träume sogar schon von dir.“

„Afolabi, jetzt muss ich erst mal zu Mama Keffi und ihr helfen. Wir werden uns länger nicht sehen.“

„Ich kann dich doch besuchen, Imade. Das ist nicht verboten“

„Afolabi, sprich mit deinem Onkel. Ich will nichts hinter seinem Rücken tun. Jetzt geh bitte zurück. Ich finde den Weg zu Mama Keffis Haus. Ketekete ist auch ganz ruhig. Er wird mir nichts tun.“

„Imade, ich bringe dich zu Mama Keffi, ich will sehen, dass du sicher dort eintriffst.“

Langsam gehen sie durch das Dorf. Mama Keffis Haus ist ganz am Ende, dort, wo die Felder beginnen. Große Mangobäume säumen ihren Weg. Die Blätter leuchten im satten Grün. Unter ihren Kronen ist es ein wenig kühler.

„Mama Keffi, Mama Keffi, ich bin da“, ruft Imade schon von Weitem, „ich komme mit Afolabi!“ So weiß Mama Keffi, dass sie kommt.

„Willkommen, mein Kind,“ ruft Mama Keffi. Nur ihre Stimme ist zu hören, die dichte Hecke aus Dornensträuchern, die rundum ihr Haus vor ungebetenen Gästen schützt, verdeckt ihre Gestalt. Sie kommt den beiden entgegen.

„Und du hast Afolabi mitgebracht!“, sagt sie freundlich, als sie beide sieht.

„Das ist aber nett, Afolabi, dass du Imade hilfst,“ setzt sie hinzu.

„Klar, das mache ich gern,“ sagt er und verbeugt sich vor Mama Keffi.

„Kommt, trinkt etwas,“ lädt sie die beiden ein.

„Oh danke sehr, ich bringe erst Kete Kete fort, bitte!“

antwortet Imade. Sie führt Kete Kete hinter das Haus. Afolabi folgt ihr, er nimmt die schweren Säcke herunter.

„Ich zeige dir, wo die Vorräte hingehören“, bittet Mama Keffi und führt Afolabi in den kleinen Küchenverschlag um die Ecke. Ein Regal hat Platz für die Vorräte.

„Nun kommt, trinkt“, wiederholt Mama Keffi die Einladung und alle setzen sich an den kleinen Tisch und trinken erfrischenden Kräutertee.

Es ist Nachmittag, die Sonne brennt immer noch.

„Wie süß der Tee schmeckt “, lobt Imade.

„Ja, der Honig ist es, hinten im Garten wohnen Bienen in einem Baumstamm, da habe ich gestern Honig geerntet.“

„Und hast du keine Angst vor den Bienen, was, wenn sie herausschwärmen und dich angreifen?“, meint Imade.

„Oh nein, die kennen mich, das würden sie nie tun!“, erwidert Mama Keffi und Imade und Afolabi wechseln einen Blick. Beide denken das Gleiche.

Imade nimmt das Paket, das neben ihr auf der Bank liegt.

„Hier, dies schickt Babalawo dir, Mama Keffi, es ist in ein Stück Kaliko eingewickelt.“

„Danke, ich schaue es mir nachher an“, erwidert Mama Keffi.

Sie sitzen da, schauen auf den ruhigen Garten. Bald wird es dunkel sein.

„Oh, was ist das?“, ruft Imade und springt auf.

„Nur ruhig, Imade, sie tut nichts.“

Imade schaut auf die dicke, graugefleckte Schlange, die aus der Dornenhecke über den Sandweg kriecht, in wellenförmigen Bewegungen nähert sie sich dem Haus und verschwindet im Eingang.

„Sie kommt nachts und schläft hier, Imade, schon seit ich wieder hier eingezogen bin. Ich habe ihr in dem einen Zimmer einen Korb bereitet, dahin geht sie jeden Abend und stößt dann Laute aus, als ob ein Hahn kräht. Hab keine Angst, sie ist nicht giftig. Meine Großmutter hat mir erzählt, als ich ein Kind war, dass es heilige Schlangen gibt. Es ist ein gutes Omen, wenn solche Schlangen die Nähe der Menschen suchen. Es sind Götter, die sie uns senden. So hat meine Großmutter es mir immer erklärt. Sie kam aus einer Gegend, weit weg von hier, dort wo die Mündung eines sehr großen Flusses das Wasser ins Meer leitet. Sie sprach eine andere Sprache als wir Yoruba hier. Ihre Gegend, woher sie kommt, heißt Brass[24]. Du wirst dich an die Schlange gewöhnen, morgens geht sie fort und kommt abends zurück.“

Imade und Afolabi schauen sich an und lachen. In diesem Dorf haben sie bis jetzt keine Schlangen erlebt, die zu den Menschen kommen.

„Lacht nur, ihr beiden, ihr werdet euch an die Hausgenossin gewöhnen.“

„Ich gehe jetzt“, sagt Afolabi, morgen komme ich wieder und schaue nach, wie sich Imade eingewöhnt hat.“

Er steht auf, verbeugt sich und lässt die beiden zurück.

Unterwegs

Der hohle Schrei der grauen Papageien, das Zirpen der Webervögel in der Luft, ein Rascheln im dürren Laub – „Warte, Olufemi", flüstert Wale. Sie verharren in der kriechenden Vorwärtsbewegung. Vielleicht hören sie eine Schlange oder eine Buschratte, die sich ihren Weg sucht. Genau wie diese beiden, die seit Tagen unterwegs sind, sich ihren Weg bahnen durch das Unterholz. So undurchdringlich, wie es scheint, ist es nicht. Dunkler wird es, die Abenddämmerung senkt sich. Im Lager belauschten sie Gespräche über die Höhlen. Sie sollen in den Bergen liegen. Aber sie haben sie auch heute noch nicht erreicht. Weit können sie nicht sein. Rasten dürfen sie nicht. Am Tag ruhen sie sich in Baumkronen aus, nachts müssen sie unterwegs sein. Niemand ist ihnen bisher begegnet auf ihren Pfaden im Gesträuch. Hungern müssen sie nicht, Früchte finden sie genug. Eine Buschratte oder einen Fisch rösten sie sich an einem kleinen Feuer, wenn sie sich sicher wähnen. Nachdem sie sich ausgeruht haben, folgen sie dem Verlauf des Flusses, der zur Küste drängt. Wenn das Mondlicht auf das Wasser fällt, weist es ihnen den Weg. Nur der Gedanke an Freiheit beseelt sie, der Wunsch, ihre Eltern zu finden, ihre Geschwister und Verwandten. Olufemi denkt an Adela, die Erinnerungen machen ihn stark. So nahe schien das Glück, einen flüchtigen Augenblick hatte es Olufemi gewährt, eine Hoffnung geweckt. Ewigkeiten schien es her zu sein, doch nur wenige Monate liegen zwischen unbeschwerten Zeiten und dem harten Kampf, die Gefahren zu umgehen, die ihre Flucht für sie bereithält.

„Hörst du die Trommeln, Wale?"[25]

Sie haben ein kleines Feuer entfacht, nicht weit vom Flussufer entfernt. Einige Fische braten an Stöcken, sie drehen sie langsam in der Glut. Dumpfes Trommeln hören sie, weit, weit in der Ferne. Die Laute klingen manchmal höher, manchmal tiefer.

„Verstehst du, was sie sagen wollen?", fragt Wale.

„Ich versuche es", antwortet Olufemi, „sie sprechen von einer drohenden Gefahr, von Männern, die mit Schiffen kommen. Die Menschen jagen und Dörfer in Brand setzen. Sie erzählen von Begräbnissen. Wale, auch wir sind in Gefahr. Wenn sie mit Schiffen kommen, dann fahren sie auf dem Fluss. Wir müssen uns tiefer im Wald verbergen. Wale wir dürfen keine Angst haben. Wir haben keine Wahl, als dem Fluss zu folgen, sein Lauf zeigt uns den Weg zur Küste. Enden nicht alle Flüsse im Meer? Dies ist ein großer Fluss."

„Ja, Olufemi, aber auch große Flüsse können wieder in noch größere münden. Unser Weg ist noch so weit."

Er hebt die Stöcke aus dem Feuer, zieht die Fische ab und legt sie auf große Blätter. Dann steckt er zwei weitere Fische auf die Stöcke und schiebt sie in die glimmenden Zweige.

„Danke, Wale, jetzt lass uns essen, wir brauchen Kraft, Mami Water hat uns ihre Fische gegeben, komm, sie werden uns stärken. Wir halten unser Leben nicht in der Hand, nur die Götter kennen unser Schicksal."

Sie beginnen, die Fische zu zerteilen, die dampfenden Stücke schieben sie genüsslich in den Mund, jeder Bissen belebt sie. Die Trommeln schlagen unaufhörlich, sie lauschen den Botschaften.

Es ist ein glühender Morgen, Olufemi und Wale sind seit Wochen unterwegs. Immer noch halten sie sich tagsüber in den Wäldern auf, zu gefährlich ist es, tagsüber am Fluss zu wandern, wo so viele Boote unterwegs sind. Es ist ein Wunder, dass sie nicht krank geworden sind. Sie sind dünner, aber nicht verhungert. Zum Glück haben sie niemanden getroffen. Auch die Trommelnachrichten sind verstummt. Nur noch vereinzelt hören sie sie. Der Fluss fließt träge dahin. Gelegentlich sehen sie den Kopf eines Flusspferds oder den kaum erkennbaren Rücken eines Krokodils, so tief liegt es im Wasser.

„Der Fluss ist viel breiter geworden. Wir müssen bald an der Küste sein", sagt Olufemi, „dann können wir versuchen, über das Meer zu fahren, fort von hier, in die Freiheit."

„Welche Freiheit, Olufemi? Überall lauern die Menschenjäger, sie werden sofort bemerken, dass wir entlaufene Arbeitssklaven sind, so wie wir aussehen. Sie werden uns jagen."

„Wir können unsere Arbeitskraft anbieten auf einem Boot, wo sie unsere Sprache sprechen."

„Wir müssen irgendwoher Kleider bekommen, in diesen Fetzen hier können wir nirgends erscheinen, um unsere Arbeitskraft anzubieten."

Sie blicken sich an, ihre zerschlissenen Hosen, keine Schuhe, zerlöcherte Hemden, Elendsgestalten. Ihre Schilftaschen enthalten immer nur ihre Nahrung, Fische, Früchte, sonst nichts. Nicht eine einzige Kaurimuschel haben sie, um etwas zu kaufen, und nichts, um etwas zu tauschen.

„Wir müssen in ein Dorf gehen und versuchen, etwas zu bekommen. Die Leute wissen doch, was hier geschieht, sie werden uns helfen, wir haben keine Wahl. Wir können uns nicht ewig verstecken. Wenn wir nach dem Baale fragen, wird er uns die Hilfe nicht verweigern, es sind von Gott gewählte Männer. Im nächsten Dorf, das wir sehen, sollten wir es wagen. Wir fragen nach dem

Baale und gehen hin. Ich brauche jetzt eine Abkühlung und Erfrischung", fährt er fort. „Ich werde es wagen, etwas im Fluss zu waten."

„Denk an die Krokodile", warnt Wale ihn.

„Ja, ich denke dran, ich sehe keine, ich gehe nur kurz hinein. Vertrau mir, ich brauche eine Abkühlung."

Mit diesen Worten läuft Olufemi am flachen Ufer dem ruhigen Wasser entgegen, taucht ein und schwimmt mit kräftigen Stößen ein paar Züge. Wale folgt ihm und sie lachen und bespritzen sich gegenseitig mit dem erfrischenden, klaren Wasser. Wale schwimmt ein wenig weiter hinaus, Olufemi bemerkt den dunklen Schatten unter der Wasseroberfläche, den schuppigen Körper, der kaum zu sehen ist, die Schnauze, und ruft: „Wale, komm, schnell, ein Krokodil, pass auf!"

Er schlägt sich die Hand vor den Mund. Zu spät, mit einem einzigen schnellen Schnappen greift es Wale am Oberkörper, zieht ihn mit sich, taucht ins Wasser und wieder auf, und wieder hinein, rollt sich mit ihm herum, Wales schrille Angstschreie „Olufemi, Olufemi!" hallen über den Fluss, seine Arme hängen an beiden Seiten aus dem Maul, wieder taucht das Krokodil mit rollenden Bewegungen unter.

„Olufemi!", schreit Wale wieder, zum letzten Mal, und wird vom Krokodil vor den Augen seines Freundes in die Tiefe gerissen. Olufemi schwimmt dem Ufer entgegen, seine Füße finden Halt auf dem Grund, er ist kurz vor einer Ohnmacht, es ging alles so schnell, vor seinen Augen tanzen Sterne, *Wale*, denkt er, *Wale, mein Freund*, ein Nebel hüllt ihn ein, Tränen strömen aus seinen Augen, seine Gedanken verwirren sich, *ein Krokodil, ich bin allein, Wale wird nie mehr bei mir sein, es ist hoffnungslos*, und er hört die Stimme seines Vaters:

„Bade nie im Fluss, die Krokodile lauern nur auf dich, ich verbiete dir, im Fluss zu schwimmen."

Olufemi fällt auf den Sand, was gibt es nun noch, das lebenswert ist, er kriecht so gut er kann den Bäumen entgegen, dort bleibt er liegen. Wie lange er so gelegen hat, weiß er nicht, als er aufwacht. Er fühlt sich so schwer, unfähig aufzustehen. Aber hier darf er nicht bleiben. *Wale, mein Freund Wale* ist alles, was er denken kann, immer wieder. Er rappelt sich auf, stolpert dem Wald entgegen, weg vom Ufer, nur weg hier. Im Schatten der Bäume bleibt er liegen. Schluchzen schüttelt ihn. Seine Gedanken kreisen nur um eines: *Ohne Wale, ohne Adela, niemand mehr da, der zu mir gehört, wie kann ich weiter-machen. Wer bin ich noch?*

Er fällt in einen besinnungslosen Schlaf. Er bemerkt nicht die Pinasse, die auf dem Fluss erscheint. Sieht nicht die kräftigen, dickbäuchigen, europäisch aussehenden Männer darauf, die mit Fernrohren das Ufer absuchen, sich ein Zeichen geben und das Boot in der Mitte des Flusses ankern lassen. Ein Kanu lassen sie herab, einer von ihnen steigt hinein, zwei weitere folgen, sie fahren zum Ufer, ziehen das Kanu hinauf und gehen dem Wald-rand entgegen, suchen nach dem Körper, den sie vom Wasser aus gesichtet haben. Als Olufemi seine Augen öff-net, haben sie ihm schon die mitgebrachten Fußketten angelegt, das runde Eisen um seinen Hals gelegt und zie-hen ihn brutal mit sich, dem Kanu entgegen. Er versucht gar nicht erst, sich zu wehren, folgt ihnen, setzt sich in das Kanu und wird zum Boot gerudert. Darauf sitzen schon zwanzig andere Frauen und Männer, alle in Fesseln, und schauen auf den Neuankömmling.

Er blickt sie an, sucht nach einem bekannten Gesicht. Vergeblich. Sie sind jeweils zu zweit aneinander geket-tet. Schweiß strömt ihm aus allen Poren. Seine Peiniger schubsen ihn auf die Bank, er taumelt, kann sich aber noch fangen. Er fällt schwer auf die Bank, neben ihm sitzt ein junger Mann, der an einen älteren gekettet ist. Niemand spricht. Olufemi starrt vor sich hin. Vorne ru-dern zwei Männer, in der Mitte und am Heck auch. Das Boot liegt tief im Wasser. *Am besten springe ich hinein,* denkt Olufemi, *dann bin ich bei Wale.* Aber etwas hält ihn zurück. Er sagt sich, *ich muss durchhalten, egal wie schrecklich alles ist. Ich will sehen, was dieses grausame Spiel, das sich Leben nennt, noch für mich bereithält. Ich darf nicht aufgeben, das würde Eledumare mir nicht verzeihen. Meine Mutter, wo ist sie, mein Vater, meine Geschwister, sie gehören zu mir, auch wenn wir getrennt sind. Und Adela, wenn sie noch am Leben ist, muss ich sie finden. Eines Tages werden wir vereint sein. Nur sie zählt in meinem Leben.* Wieder erscheint vor seinem inneren Auge ihr letztes Treffen in der Schule, am Nachmittag, als sie allein waren und ihre Liebe füreinander leben konnten.

Der gleichmäßige Rhythmus der Paddel, das Eintauchen ins Wasser, das Rauschen und Gurgeln des Wassers unter dem Boot, die Schaukelbewegung, die Hitze des Nachmittags – sie versetzen Olufemi in Trance. Sein Kopf fällt immer wieder nach vorn, mühsam richtet er ihn auf, er will nicht schlafen. Er muss wach bleiben, jede Sekunde wach sein und sehen, was kommt, nicht der Schwäche nachgeben. Er spürt die Schmerzen an den Fußgelenken, das schwere Eisen auf der Brust. *Eledumare, verlass mich nicht, betet er, gib mich nicht auf, sende mir Kraft, dass ich aus dieser Hölle wieder herauskomme.*

Stürme schleudern das Schiff hin und her, das Stöhnen und angstvolle Schreien der Gefangenen macht alles noch schlimmer. Viele sterben an Cholera, morgens kommen die Aufseher mit Masken vor ihren Gesichtern und kontrollieren den Zustand der Gefangenen, die Toten werden hinaufgetragen und über Bord geworfen. Haie folgen dem Schiff. Endlich, nach vielen Tagen, ankert das Schiff, sie haben die Insel erreicht. Es ist eine Qual, zu gehen, nach der langen Reise, die Glieder müssen sich erst sortieren.

Die Gefangenen taumeln mehr, als dass sie gehen, immer zwei, die an den Handgelenken aneinandergefesselt sind, vom Schiff herunter auf die Pier. Von da beginnt der lange Marsch zum Sklavenmarkt. Die Plantagenbesitzer warten und schauen der Musterung zu, die dazu dient, die Vorzüge der Sklaven zu zeigen, den Preis zu steigern und die Arbeitskräfte zu verteilen. Menschen sind Ware geworden, sie werden sortiert, bis sie abgeholt und auf eine Plantage gebracht werden.

Oh, Wale, mein Freund, wo auch immer du jetzt bist, es kann dir nur besser gehen als mir hier. Glaub' mir, es ist gut, dass du nicht hier bist und diese Demütigungen und Schmerzen ertragen musst. Sie greifen uns in den Mund wie Pferden, mit denen sie handeln, wir müssen uns vorbeugen und sie fummeln mit ihren gierigen Händen an uns herum. Wale, Wale, Schmerzen, Schmerzen, Schmerzen sind es, die sie uns zufügen. Und doch, ich bin am Leben, obwohl ich mich frage, womit ich es verdient habe. Nie werde ich dich vergessen und immer dein Andenken in mir tragen. Ich weiß, dass Adela meine Kinder in sich trägt. Einen meiner Söhne, wenn sie mir geschenkt werden, will ich nach dir nennen, das verspreche ich dir.

Die Nacht ist dunkel, als sie endlich ankommen und in Reihen zu ihren Unterkünften gebracht werden. Sie sind zwanzig neue, die Señor Martins gekauft hatte. Sie schlafen in Hütten, auf Matten, die die gestampfte Erde bedecken. Sie werden auf verschiedene Hütten verteilt, so dass sie nicht zusammen sein können und irgendwelche Komplotte schmieden.

Überall winken Palmen. Auf einer großen, sandigen Fläche verteilen sich die Hütten im Halbkreis, kaum zu erkennen in der düsteren Nacht des abnehmenden Mondes. Immer ein schlechtes Zeichen. *Damit kann niemals etwas gut werden bei einem neuen Anfang. Ich muss immer denken, dass es nur vorübergehend ist, es bleibt nicht so für immer, ich werde bald von hier fort sein, sie werden mich nicht fertigmachen können, ich bin stark, Eledumare wird mir beistehen, ich werde meine Kinder sehen, bald, ich werde alles schaffen.* Wieder und wieder gehen ihm diese Gedanken durch den Kopf. *Wenn ich mich unterkriegen lasse, dann ist alles verloren. Ich werde gewinnen, nicht SIE … diese Teufel, die Händler und meine eigenen Leute, die uns verraten und verkaufen.*

Er legt sich hin und schläft sofort ein, ohne zu schauen, wer noch außer ihm in der Hütte wohnt.

Im Lager

Regen rauscht auf das Blätterdach, flüssige Wände umgeben die Hüttensiedlung.

Olufemi schläft tief, er träumt. Seine Seele erholt sich von der Reise. Er hütet wieder Ziegen in den Hügeln seiner Kindheit in Iwoye. Ein Zicklein ist abhanden gekommen. Verzweifelt läuft er durch das gelbe Steppengras, sucht in jeder Höhle, strengt sich an, ob er ein Meckern hört. Die Angst treibt ihn an, Angst um das Zicklein, Angst um die zurückgelassene Herde. Er hört eine Stimme, *Hier, hier!*, tönt die Stimme, er biegt um eine Felsenecke, da steht Adela, in den Händen hält sie saftige Orangen. *Trink Olufemi,* sagt sie, *erfrische dich, schau, dort hinten ist es!* Er nimmt eine Orange, trinkt den Saft, läuft weiter und da steht jammernd und zitternd der kleine Ziegenbock. Er nimmt das Tier, redet beruhigend in sein Fell und ist so erleichtert, sein Vater wird ihn nicht strafen, ist sein einziger Gedanke ...

„Steh auf, was liegst du hier, auf! Ins Feld, die Säcke holen, bevor sie ganz verloren sind in dieser verdammten Wasserflut!", eine raue Stimme ist es, einer der Aufseher steht breitbeinig im Türrahmen, „Auf, auf!", er schwingt die Peitsche.

Mit einem Satz springt Olufemi hoch, stürmt an dem Mann vorbei, draußen rennen schon seine Kameraden durch den Regen, der Boden haftet sich schwer an ihre Füße, sie laufen, um die restlichen Säcke mit Kakaofrüchten in die Unterstände zu bringen. Die Ernte wird teilweise vernichtet sein, der Schimmel wird sie überziehen, aber sie können noch etwas retten. Blitze zucken, Palmwipfel biegen sich, Natur und Menschen triefen vor Regen. Ein schwerer Sack nach dem anderen wird auf starke Schultern gehoben, gekrümmte Gestalten stapfen jetzt langsam über den morastigen Boden, er will die Füße einsaugen, die Knöchel festhalten, die Männer ziehen sie Schritt für Schritt heraus und sinken wieder ein, sie erreichen den Unterstand, laden den Sack ab, kehren zum Feld zurück, wieder und wieder. Als sie fertig sind, hat der Regen aufgehört, sie setzen sich in den Unterstand, atmen schwer, lehnen sich aneinander, eine kleine Frist, bis der Aufseher kommen wird.

Wie kann ich von hier entkommen, diesem Alptraum, der mich gefangen hält? Es sind erbarmungslose Tiere, die hier Macht über uns besitzen. Die uns demütigen und nur ein Ziel sehen: uns Grausamkeiten zuzufügen. Und doch sind es Menschen. Wenn sie uns mit ihren kalten, kleinen Augen fixieren und die Peitsche über unseren Köpfen sausen lassen, erkenne ich mich selbst nicht mehr. Ich erstarre und warte auf die Umklammerungen der Peitschenschwänze, die mir die Kehle einschnüren, dass ihr kein Laut entweichen kann. Nach der Starre werde ich zu fließendem Fleisch. Dabei muss ich auf die Felder waten, die Sackstapel auf dem Kopf. Auf dem Rückweg dann die schwere Last der Kakaobohnen auf dem Rücken schleppen und auf den riesigen Turm aus Säcken werfen. Zurück aufs Feld und wieder von vorn. Ich frage mich, wie ich jemals wieder die Trommel schlagen werde, ob meine Finger gelenkig bleiben können und sich erholen werden. Sie sind zu wunden harten Stöcken geworden, mit eingerissenen Nägeln und zerrissener Haut. Abends reibe ich sie ein mit Kakaobutter, die ich mit Steinen aus den Kakaofrüchten presse, die ich beiseite schaffe und draußen verstecke. Ich darf nicht dabei erwischt werden, es würde noch mehr Schläge nach sich ziehen.

Meko 2

Adela ist erfrischt von ihrem Bad. Sie ist so dünn geworden. Ihre Brüste dagegen sind gerundeter als vorher. Sie hat ihren Körper prüfend untersucht. Obwohl sie hungrig ist, fühlt sie sich unwohl in der Magengegend. Sie zieht den warmen gewebten Stoff um sich, die Luft ist noch kühl, bald wird die Sonne sie erwärmen. Sie friert überhaupt so leicht in letzter Zeit. Seit sie hier ist, hat sie sich ganz langsam erholt und sogar etwas eingewöhnt, wenn man davon sprechen kann, in ihrem Schmerz, ihrem Verlust. Jeden Morgen hat sie gehofft, dass ihre Mutter oder ihr Vater mit ihren Geschwistern kommen, um sie zu finden. Träume! Aber wie können sie sie finden? Sie wissen ja gar nicht, wo sie ist. Sie sind Gefangene oder gestorben, Tränen kommen ihr, wenn sie an sie denkt und nicht weiß, was aus ihnen geworden ist. Dann stupst Tura sie an, leckt ihr Bein und legt ihren Kopf in Adelas Schoß. Heute Morgen fühlt sie sich wieder so traurig und verlassen, dazu die Übelkeit. Sie ist so schwach. Mama Serafina kocht in der Küche, sie hat das Feuer angefacht und die große Wanne mit Öl auf die Steine der Feuerstelle gestellt. Die beiden langen Holzscheite glühen, geschickt schiebt sie sie vor, um die Hitze zu verstärken.

„Magst Du Akara essen?", fragt Mama Serafina freundlich und blickt Adela aufmerksam an. *Sie hat solche tiefen Ränder unter den Augen, die Arme,* denkt sie, *und sie mag nicht essen.* Nun, sie wird schon mit mir reden, wenn sie ein Geheimnis mit sich herumträgt.

Adela schaut Mama Serafina an, sie hat das Gefühl, die klaren, klugen Augen dieser freundlichen Frau wissen alles, auch ohne dass man viel spricht.

„Ich versuche es", antwortet Adela, „ich muss essen,

ich weiß es, aber mir ist ein wenig übel, wie lange habe ich denn geschlafen?", fragt sie.

„Oh, seit gestern am frühen Abend, ich bin ja so froh, dass du aufgewacht bist. Komm, trink ein wenig Tee, er wird dir Appetit machen!"

Sie hält Adela die Holzschale hin.

„Es ist der Honig drin, den Baba Oluwole gestern aus dem Baum geholt hat, er wird dir gut tun, dir Kraft geben!"

„Oh, ja, gern", Adela nimmt die Schale.

Die süße warme Flüssigkeit schmeckt wunderbar.

Nachdem Adela noch eine Schale Honigtee getrunken hat, fragt sie Mama Serafina: „Kann ich dir helfen? Ich kann säen, pflanzen, Essen vorbereiten. Ich möchte dir danken für all das, was du für mich tust!"

„Kind, du brauchst noch Ruhe, geh nur, ruhe dich weiter aus. Vor allem solltest du etwas zu dir nehmen, du musst wieder zu Kräften kommen", erwidert Mama Serafina. „Wir sollten bald den Baale besuchen, er hat schon nach dir gefragt. Wir haben ihm gesagt, dass du die ganze Zeit schläfst, weil du so erschöpft bist. Hier ist auch ein nettes Mädchen in deinem Alter, Imade, sie wohnt jetzt bei Mama Keffi, mit ihr wirst du dich sicher gut verstehen. Mama Keffi ist eine Frau, die sich sehr gut auskennt mit Kräutern und Heilen. Wenn dir etwas fehlt, dann hilft sie dir ganz bestimmt. Unser Babalawo Abiodun hier ist auch ein wunderbarer Mensch, ein Heiler. Aber manchmal ist es gut, man redet mit einer Frau und nicht mit einem Mann, findest du nicht auch?"

„Ja, genauso ist es", antwortet Adela, „bitte lass uns noch ein wenig warten, bis ich all diese Menschen treffe. Ich habe irgendwie Angst, ich bin doch eine Fremde, sie kennen mich nicht. Und du und dein Mann, ihr seid so gut, ihr habt mich gerettet und sogar bei euch behalten. Das werde ich euch nie vergessen."

Sie beginnt zu weinen,

Tränen rinnen über ihre Wangen, ihr ganzer Körper

wird von Schluchzen geschüttelt. Tura, die vor der Hausecke liegt, steht auf, geht zu ihrer Herrin und legt ihren Kopf auf Adelas Knie. Dann drückt sie sich mit ihrem Körper fest an ihr Bein. Adela streichelt Turas weiches Fell. Mama Serafina ist zu ihr gekommen und hält sie fest.

„Bekomme ich etwas zu essen?"
Baba Oluwole kommt dazu, sieht die Frauen und Tura und lächelt seine Frau an. Er hält ein Netz mit silbrig glänzenden Fischen darin.
„Die kochen wir später!", lacht er und hält sie hoch. „Es wird alles gut, Adela", sagt er.
„Bald wirst du dich hier zu Hause fühlen. Hab' keine Angst. Die Menschen hier bei uns sind sehr freundlich, hier wird niemand dir etwas tun. Du wirst dich eingewöhnen."
Langsam hört Adela auf, zu schluchzen, sie sitzt einfach da. Mama Serafina reicht ihr und Baba Oluwole frischen Akara auf grünen Blättern. Die Bohnenkuchen sind so frisch und knusprig, hellbraun und saftig innen, sie tun so gut an einem kühlen Morgen. Dann beginnt sie, Adela mit einem Tuch die Tränen abzuwischen, ganz sanft, und Adela lächelt dankbar und streichelt Mama Serafinas Arm. Sie beißt ein kleines Stück Akara ab. Das tut gut und ihr ist nicht übel.
Mama Serafina lächelt in sich hinein. Sie freut sich, dass Adela etwas isst. *Das arme Mädchen,* denkt sie, *sie hat einen schweren Schock, ich muss Mama Keffi bitten, mir Kräuter zu geben, die sie wieder in die Balance bringen. Den Tee werde ich ihr zubereiten.*
Baba Oluwole reißt sie aus ihren Gedanken, als er sagt: „Ich gehe bald zur Farm, wenn ich hier fertig bin, um nachzusehen, wie weit unsere Yampflanzen sind und ob die Kassava gut wachsen."
„Gut, geh' mit Gott", antwortet Mama Serafina.
Adela stützt ihren Kopf gegen die Hauswand, sie sitzt

auf der Bank. Tura liegt dicht bei ihren Füssen. Sie hält die Augen geschlossen.

Ich sollte ihr das Haar flechten, denkt Mama Serafina, *ich lasse sie noch ein bisschen ausruhen.* Adela öffnet die Augen und blickt auf.

„Der Akara hat so gut geschmeckt. Vielen, vielen Dank!"

„Das freut mich sehr, dass es dir geschmeckt hat, möchtest Du noch etwas? Es sind noch fünf Stück übrig!"

„Oh, nein danke, ich habe genug, ich fühle mich jetzt besser. Eine große Bitte habe ich: Könntest du mir wohl mein Haar flechten? Ich habe es vorhin gewaschen, es ist sauber. Ich sehne mich danach."

„Gern, mein Kind, ich habe selbst schon daran gedacht und wusste nicht, ob es dir recht sein würde. Möchtest du es jetzt?"

„Oh, ja, so gern. Warte, ich hole den Hocker."

„Nein, nein, bleibe nur sitzen, ich hole schon alles", erwidert Mama Serafina.

Sie geht ins Haus und holt den niedrigen Hocker und den geschnitzten Holzkamm aus dem kleinen Schrank in der Ecke des Wohnzimmers. Auch die kleine Holzschachtel mit der Kakaobutter bringt sie mit.

„Hier, setz' dich!", fordert sie Adela auf. Sie setzt sich auf den Hocker und Mama Serafina steht hinter ihr. Sie beginnt Adelas Haar sorgfältig zu scheiteln, erst in der der Mitte des Kopfes, von der Stirn zum Nacken und dann noch mal quer über den Hinterkopf, dreimal auf jeder Seite, so dass sechs regelmäßige Flächen entstehen. Adelas schönes, dickes Haar fügt sich unter den geschmeidigen Fingern Mama Serafinas. In der Mitte der Haarflächen entstehen Zöpfe. Sie dreht sie in kleine Schnecken und steckt sie mit dünnen Holzstöckchen fest.

„Meine Freundin Nike hat mir oft die Haare geflochten und ich ihr", erzählt Adela. Sie klingt traurig.

„Ja, mein Kind", erwidert Mama Serafina, „das tun Freundinnen."

„Wenn ich nur wüsste, was sie jetzt macht und wo sie

ist. Ich vermisse sie", fährt Adela fort. Sie denkt: *Warum erzähle ich das alles. Aber diese Frau ist so gut zu mir, ich vertraue ihr, obwohl ich sie ja gar nicht kenne. Aber nur gute Menschen können so sein wie sie zu mir ist. Und sogar Tura darf hierbleiben. Das ist so selten. Sogar meine Mutter hatte große Schwierigkeiten, mir Tura zu erlauben.*

Die Tränen wollen wieder fließen, aber sie schluckt sie herunter. Seit sie heute Morgen gebadet hat, lässt ein Gedanke sie nicht mehr los, drängt sich ihr immer wieder auf: Ihr Mondblut, es hat sich nicht gezeigt, wie es sollte. Tief in sich fühlt sie, weiß sie, dass es auch nicht kommen wird. Das kann nur eines bedeuten.

Mama Serafina streicht mit den Händen vorsichtig über Adelas Kopf, nachdem sie noch mal etwas Kakaobutter in den Handflächen verteilt hat.

„So ist es schön", bemerkt sie zufrieden.

„Danke, Mama Serafina, das hat gut getan. Danke!" Sie lächelt ein wenig.

„Darf ich dir jetzt helfen?"

„Komm, lass uns ins Haus gehen, ich möchte mich umziehen, ich muss zu meiner Freundin Mama Keffi gehen, nach ihr schauen. Ich will sie um etwas Tee bitten, für dich, der es dir leichter machen wird, dich hier einzuleben. Möchtest du mitkommen? Dort ist auch Imade, das Mädchen, von dem ich dir erzählt habe. Komm."

Sie gehen ins Wohnzimmer.

„Ach, Mama Serafina, lieber nicht. Ich bleibe lieber mit Tura hier. Ich habe Angst. Was sagen die Leute überhaupt im Dorf, wenn sie mich sehen? Du weißt doch, Fremden gegenüber sind alle immer zuerst misstrauisch, obwohl sie nach außen hin freundlich tun."

„Kind, darüber mach' dir doch keine Sorgen. Wir stehen alle hinter dir, das sind Baba Oluwole, Mama Keffi, dann Baba Abiodun, der Babalawo, er ist der wichtigste Mann im Dorf, nach dem Baale. Die Menschen hören auf ihn. Ich habe es dir schon gesagt, er weiß, dass du hier bei uns bist. Wir hier im Dorf wissen doch alle, was mit so vielen unserer Brüder und Schwestern geschieht. Wir haben Wachen aufgestellt, in der Nacht und am Tag, damit wir sofort merken, wenn Fremde kommen und sich ungewohnte Bewegungen in der Gegend entwickeln."

„Mama Serafina, das hatten wir auch", antwortet Adela. „Und wir wurden trotzdem überrumpelt. Es ging alles so schnell. Meine Freundin Nike hatte es schon bemerkt, sie warnte mich, bevor meine Eltern dazu kamen. Ich habe Angst, große Angst, ich möchte am liebsten hier bleiben, im Haus, niemand soll mich sehen."

„Gut, mein Kind, wie du denkst. Ich gehe später, wenn Baba Oluwole wieder da ist, so dass du nicht allein im Haus bleiben musst."

„Danke, Mama Serafina, ich danke dir so sehr! Du bist so freundlich und liebevoll", bricht es aus Adela heraus, als sie eine Stimme hören:

„Mama Serafina, Ekaro, Ekaro, bist du zuhause?"

„Oh", antwortet Mama Serafina, es ist die Stimme ihrer Freundin Mama Keffi, „ja, wir sind hier, komm' herein!"

Sie eilt zur Tür, öffnet sie, die beiden Frauen umarmen sich. Adela bleibt sitzen, ihr Herz klopft schon schneller vor Aufregung.

Mama Serafina zieht Mama Keffi mit sich.

„Wie schön, dass du kommst", sagt sie, „schau, Adela ist wach, es geht ihr besser." Adela blickt fragend auf die Frauen.

„Ja, Adela, das ist Mama Keffi, wir haben doch die ganze Zeit gemeinsam darauf gewartet, dass du nicht mehr so viel schläfst."

Adela ist jetzt aufgestanden. Sie fühlt sich schlecht, sie mag eigentlich niemanden treffen. Mama Keffi bemerkt die Verlegenheit des Mädchens, tauscht einen schnellen Blick mit Mama Serafina.

„Es ist doch klar, dass du dich hier fremd fühlst", sagt sie, „hab' keine Angst, es wird alles gut, glaube mir."

Wieder beginnt Adela zu weinen, schlägt die Hände

vors Gesicht und setzt sich wieder auf einen Stuhl. Mama Keffi zieht einen weiteren Stuhl heran, setzt sich neben sie und nimmt ihre Hand.

„Weine ruhig, Kind, weine, die Tränen werden dir helfen, Klarheit zu finden. Wir lassen dir alle Zeit, die du brauchst.“

Adela hebt ihr nasses Gesicht.

„Ihr seid so gut zu mir“, sagt sie, „ich fühle mich einfach so fremd, ich weiß nicht, was mit meinen Eltern ist und mit meinen Geschwistern ist. Und mit ...“ Sie stockt. Mama Keffi schaut sie an, sagt aber nichts. Sie kennt Adelas Geheimnis, hat sofort gesehen, dass sie schwanger ist. Sie öffnet ihre Ledertasche, die außen mit braun-weißem Ziegenfell geschmückt ist. Sie holt einen kleinen geflochtenen Korb mit Deckel heraus.

„Hier habe ich Tee mitgebracht, er wird dich stärken!“

„Mama Serafina“, ruft sie, „bitte mache diesen Tee für Adela, sie soll ihn täglich mehrmals trinken, du wirst schon sehen, welche Wunder er bewirken wird. Und du musst essen“, sagt sie. „Baba Oluwole und Mama Serafina können köstlichen Fisch zubereiten und den frischen Yam dazu, das wird dir neue Kraft geben. Und dazu noch mein Tee. Wenn es dir besser geht, dann besuchst du mich mit Mama Serafina.“

Mama Serafina hat Wasser zum Kochen gebracht und den Tee in einer Kalebasse aufgegossen.

„Er muss noch etwas ziehen und dann kannst du ihn trinken.“

Mama Serafina reicht Adela eine kleine Trinkschale. Aus der größeren Kalebasse steigt ein wundervolles Aroma auf.

„Ach, wir trinken den Tee auch“, sagt Mama Keffi, „auch uns wird er gut tun, es ist ein richtiger Frauentee.“

Die beiden Frauen lachen laut und Adela muss lächeln. Sie trinkt und tatsächlich, der Tee schmeckt sehr gut.

„Kommt doch mit zu mir, dann kann ich euch zeigen,

wie weit ich mein Haus erneuert habe!", schlägt Mama Keffi vor.

„Ein andermal!", entgegnet Mama Serafina. „Wir erwarten Baba bald zurück von der Farm und ich muss Essen zubereiten."

„Ich kann schon mal anfangen, den Yam zu schälen!", schlägt Adela vor.

„Gut, das ist wunderbar, ich komme dann auch bald und koche das Gemüse und die Fische, die Baba heute morgen mitgebracht hat!", entgegnet Mama Serafina.

„Dann erwarte ich euch bald, hoffentlich dauert es nicht zu lange, bis ihr kommt! Ich freue mich schon!" Mama Keffi erhebt sich, alle umarmen sich.

„Ich bringe dir bald neuen Tee, trinke diesen dreimal am Tag und du wirst sehen, bald fühlst du dich viel besser", rät sie Adela und verlässt die beiden.

Sie essen alle zusammen, Adela kann sogar helfen, sie schält zwei große Yamwurzeln und kocht einen großen Kessel mit Yam. In einem anderen Topf brodelt aus Tomaten, Pfeffer, den frischen Fischen und Zwiebeln eine würzige Soße mit grünem Gemüse. Die drei essen, ohne viel zu sprechen. Adela isst etwas mehr als sonst; Mama Serafina erwähnt es nicht. Das Essen ist so köstlich. Die Nachbarskatze streicht ums Haus, sie weiß, sie wird nicht leer ausgehen: Am Ende bekommt sie die Fischreste. Dann kommt noch der Palmweinverkäufer mit seinen Kalebassen vorbei. Sie kaufen den frischen Palmwein und Baba und Mama trinken ihn genüsslich. Nur Adela nicht, sie will lieber Wasser trinken. „Sonst wird mir schlecht", sagte sie.

Mitternacht. Adela kann nicht schlafen. Von draußen hört sie fern eine Eule schreien. Die Jägerin ist jetzt unterwegs. *Bestimmt hat sie mit ihren alles durchdringenden Augen sogar in der Dunkelheit eine Maus entdeckt.* Wieder und wieder schreit die Eule. Tura stößt einen heiseren Laut aus und noch einen. *Was sie nur hat, das macht sie doch sonst nicht. Und die Eule schreit sonst auch nicht so oft.* Sie schleicht zur Tür, lauscht, es ist alles ruhig. Langsam öffnet sie die Tür. Es ist windstill. Der Dreiviertelmond wird halb von einer Wolke bedeckt. Die Palmblätter hängen schlaff herunter. Sie rührt sich nicht, blickt zur Bank hinüber. Langsam geht sie hin, setzt sich. Tura ist ihr gefolgt, sie sitzt neben ihr. Und plötzlich fühlt sie eine Anwesenheit neben sich, sieht einen Schatten, sie bleibt ruhig, und der Schatten nimmt Konturen an.

„Ja, ich bin es, Adela, mein Leben, du siehst richtig.“

Eine Hand reicht zur ihr herüber. *Träume ich,* denkt sie, „Nein du träumst nicht“, hört sie Olufemis Stimme.

„Woher weißt du, was ich denke?“, murmelt sie, seine Berührung an ihrem Arm bringt ihren ganzen Körper zum Glühen. Sie umarmen sich, Adela fühlt nichts außer Wärme, hört Worte an ihr Ohr dringen:

„Adela, es ist mein zweites Ich, mein Körper ist nicht hier, es ist mein Geist, den du fühlst.“

„Olufemi, ich sehe dich aber“, flüstert sie.

„Ja, du siehst mich, ich mache es, dass du mich siehst, und nur du, ich habe meinen Körper verlassen, um bei dir und dem Kind zu sein, dass du in dir trägst.“

„Du weißt es?“

„Du selbst hast es mir im Traum mitgeteilt, Adela, ich wusste es schon von Anfang an, es kann nicht anders sein. Du bist für mich gemacht. Mein Körper ist auf der Insel, wo sie mich gefangen halten, aber heute Nacht habe ich beschlossen, zu dir zu reisen und dich wissen zu lassen, dass ich diese Fähigkeit besitze. Mein Großvater hatte sie auch. Ich will diese kurze Zeit bei dir sein. Adela, ich werde von der Insel fliehen, ich finde dich, ich sehe dich die ganze Zeit, was du machst und wo du bist. Glaube an mich, ich finde einen Weg zu dir. Gott hat uns zusammengefügt. Gott will, dass wir zusammen sein werden. Vergiss es nicht, Adela, meine Geliebte!"

Er hält sie fest umschlungen und streichelt ihre Brust, ihren Bauch, ihre Arme und Hände und bedeckt ihr Gesicht, ihr Haar mit seinen Küssen.

„Es soll niemals enden", flüstert sie und hält ihn fest.

„Adela, denke immer daran, ich bin bei dir und dem Kind, es wird ein Sohn sein und du wirst ihn Ekundayo Adewale[26] nennen. Adewale nach dem Freund, den ich verloren habe."

Er erzählt ihr von Wale.

„Arme Nike!", murmelt sie, doch dann flüstert sie: „Weinen wird Freude sein, so soll es sein, Ekundayo soll er heißen, mein Sohn, unser Sohn."

„Weine nicht, meine über alles Geliebte", er hebt vorsichtig ihr Kinn an und lächelt in ihre Augen. Der Mond spiegelt sich darin und sie denkt: *Olorun*[27], *lass mich immer seine Augen erinnern.* Dann fühlt sie wieder, wie er sie umarmt und küsst und schließt ihre Augen.

Als sie sie wieder öffnet, ist sie allein. Sie friert, es ist, als ob Schüttelfrost sie überkommt, so kalt ist es plötzlich ohne seine Wärme. Tura drängt sich an ihr Bein, Adela streichelt Turas warmes, weiches Fell, vergräbt ihre Hand darin. Sie fühlt sich, als ob ihr Innerstes nach Außen gekehrt ist, als ob sie offen und ungeschützt ist. „Ekundayo", wiederholt sie, „Ekundayo, ja, Weinen soll Freude werden." So spricht sie die ganze Zeit leise vor sich hin und hat dabei ihre Hand auf ihren Bauch gelegt.

Sie bleibt noch eine Weile sitzen und kehrt dann ins Haus zurück, legt sich auf ihre Matte und durchlebt noch einmal, was ihr eben geschehen ist.

Mein Ausflug zu Adela war so wundervoll. Obwohl es mich sehr angestrengt hat, in meinem geschwächten Zustand. Trotzdem hat es mir Kraft gegeben. Zu wissen, dass jemand meinen Namen sagen wird, wenn ich sterbe, ist Freude genug. Ich denke jeden Tag daran, dass ich hier sterben kann. Wir haben schon einige begraben, die die Strapazen nicht aushalten. Adela wird meinem Sohn von mir erzählen. Er wird von ihr alles über mich, seinen Vater erfahren. Ich bete, dass Olorun mir erlauben wird, mit beiden vereint zu sein, eines Tages. Adela ist so stark, ich werde ihr Kraft schicken durch meine Gedanken. Olorun hat uns zusammengeführt, alles kommt von ihm. Ohne ihn sind wir gar nichts, er hat seinen Plan für uns und wir sind die Ausführenden. Ich glaube, dass Olorun mich liebt, trotz allem, was ich ertragen muss.

Olufemi fällt in einen tiefen Schlaf.

Baba Abiodun träumt.

Die Hunde kämpfen, ihre kräftigen Beine mit den scharfen Tatzen fügen sich gegenseitig Wunden zu. Sie stehen aufrecht, erinnern an sich aufbäumende Pferde und teilen aus. Schlag für Schlag, Biss um Biss. Knurren und Bellen, grollende Laute strömen aus aufgerissenen Mäulern. Der aufgehende Mond scheint groß und hell hinter ihnen, die Hunde bilden dunkle Silhouetten, wie im Schattentheater agieren sie. Die zwei Männer stehen unbeweglich vor dem Schauspiel, bewegen die Lippen, bis der eine sagt:

„Ein Kampf wird unvermeidlich sein."

Schweißtropfen bilden sich auf Babalawo Abioduns Stirn, und doch fröstelt er.

„Was für ein Kampf?", fragt er.

„Du wirst schon sehen, eine neue Zeit ist angebrochen, unser Dorf kann sich nicht mehr heraushalten. Du siehst doch, die Flüchtlinge finden uns, und so werden auch die Jäger uns bald aufspüren."

Abiodun will noch mehr fragen, schaut zur Seite, sein Besucher ist verschwunden. Ein schriller Schrei aus dem Rachen des Hundes, der auf der Erde liegt, seine Kehle bietet er dem Anführer des Rudels dar, „Nein", ruft Abiodun, „nein!"...

Er wischt sich über die Stirn mit dem Tuch, das neben ihm auf der Matte liegt. *Was für ein Traum.* Der Mond scheint durch eine Ritze des Fensterladens aus Holz in sein Zimmer, ihm ist, als ob ein Schatten am anderen Ende neben der Tür hockt. „Bist du wieder da?", murmelt er. „Was willst du von mir?"

„Sei froh, dass ich dich besuche, Abiodun, ohne mich

bist du gar nichts, du willst mich nur nicht sehen. Ich spreche die Wahrheit, die du nicht hören willst. Ich bin es, der dir zeigt, was Ifa[28] dir sagen will. Ich schicke dir die Träume, sei wachsam.“

„Warum kommst du heute Morgen?“

„Ich habe meine Zeit, Abiodun, so wie du auch deine hast. Ich wähle mir aus, wann ich komme, niemand schreibt mir etwas vor.“

„Ich wünschte, auch ich könnte dies sagen.“

„Du bist ein Mensch, gefangen im Gefängnis des irdischen Lebens. Vergessen hast du, woher du kommst, von Olorun, wo dein wahres Zuhause ist. Nur einen kleinen Schein des ewigen Lichts darfst du manchmal erhaschen, als Erinnerung an die Zeit vor deiner Geburt. Dann, wenn ich es dir gestatte, Abiodun.“

Vor und zurück bewegt sich der Schatten an der Tür, vor und zurück, bis er sich auflöst und mit den Schemen im Zimmer verschmilzt, unsichtbar wird, so wie er gekommen ist, geht er.

Die Dämmerung hat eingesetzt, rot und gemächlich erhebt sich die Sonne hinter den Palmen am Fluss. Die Wedel mit den langen Blättern hängen noch schlaff, die Luft ist feucht und kühl, viele Vögel und Tiere schlafen noch. Die Dorfstraße ist leer, niemand fegt den Hof, nur der Hahn kräht wie immer. Und sein erstes Krähen ist schon länger her. Es ist Abiodun gerade recht, es gibt nur Gerede, wenn er so früh am Morgen gesehen wird, wie er durch das Dorf geht. Und sogar zum Baale[29].

Der Wächter sitzt auf seiner Matte neben dem Tor, er reibt sich gerade die Augen, sieht Abiodun, erhebt und verbeugt sich. Er zeigt auf das Tor in einer Geste des Willkommens, er gibt den Weg zu seinem Herrn frei. Von unsichtbarer Hand öffnet sich das Tor von innen. Abiodun kann immer kommen, zu jeder Stunde.

Abiodun und der Torwächter tauschen Gesten und Morgengrußformeln, sie murmeln, es ist noch früh. Abiodun kennt den Weg.

Sein Freund, der Baale, ist schon wach und aufgestanden, er sitzt im Vorraum zum Empfangszimmer und trinkt Wasser. Mehrere Kalebassen stehen dort und so trinkt auch Abiodun, der Weg hat ihn durstig gemacht.

„Guten Morgen, mein Vertrauter, was führt dich zu mir in so früher Stunde?", begrüßt ihn der Baale.

„Ich bin zutiefst aufgewühlt. Mein Traum heute Nacht ist es."

Der Baale wiegt seinen Kopf hin und her.

„Erzähle, mein Freund."

Und Babalawo Abiodun erzählt.

Dann fragt er: „Hast du gehört, dass eine junge Frau, ein Flüchtling, in unserer Mitte lebt? Ein Hund folgt ihr überall hin. Mama Serafina und Baba Oluwole haben sie verletzt am Flussufer gefunden und in ihr Haus gebracht."

„Ich habe davon gehört. Sie werden bald kommen und sie mir vorstellen. Sie erholt sich noch, sagen sie. Wir sind nicht mehr sicher hier, wie früher. Es sind schwere Zeiten. Mein Freund, der Babalawo Fasanmi, und seine Familie aus dem Dorf Iwoye sind unauffindbar, das Dorf ist zerstört, es sind traurige Nachrichten. Es ist gut, dass wir ihr helfen."

„Wann kannst du sie empfangen?"

„Kommt morgen zu mir."

„Danke, mein Freund, ich komme mit Mama Serafina und Mama Keffi. Wenn Baba Oluwole Zeit hat, kommt er sicher auch."

„Das hoffe ich, lange waren wir alle nicht mehr zusammen. Besonders Mama Keffi war so lange fort. Wie geht es ihr?"

Und er zwinkert seinem Freund Abiodun freundlich zu.

„Sie ist jetzt endlich wieder in meiner Nähe, das macht mich froh. Sie braucht Zeit, obwohl wir in unserem Alter nicht mehr die Zeit der Jugend haben.“

„So ist es. Doch die Frauen, sie haben immer etwas anderes in ihren Gedanken, als wir Männer es uns vorstellen. Sie sind empfindliche Wesen, der Mond regiert sie, und so ist ihr Sinn. Aber es ist doch klar zwischen euch?“

„Ich denke schon, sie hat sich nicht geziert, das ist doch schon etwas Gutes.“

„Es wird auch Zeit. Wenn jemand gut zusammenpasst, dann ihr beide. Sie ist von edlem Charakter und sehr klug.“

„Wohl wahr, wohl wahr. Ich mache mich jetzt auf den Weg, damit sie früh Bescheid wissen. Wir kommen morgen um die Mittagszeit.“

„Bleib doch, iss mit mir.“

„Lass mich gehen, wenn wir morgen dagewesen sind, komme ich allein zu dir und wir reden weiter.“

Sie erheben sich, umarmen sich.

„Odabo, mein Freund, geh mit Gott.“

„Ekason", ruft Abiodun, als er sich dem Haus von Baba Oluwole und Mama Serafina nähert, „Ekason, wie grüßt euch der Morgen?"

Er öffnet die Pforte in der dichten Hecke.

Der Garten liegt ruhig, es ist jetzt hell, doch Wolken bedecken die Sonne.

Tura erhebt sich von ihrem Platz neben der Bank, streckt sich und geht langsam auf Abiodun zu, sie streckt sich wieder. Aus ihrer Kehle kommt ein freudig winselnder Laut.

„Gut, gut, ich sehe dich, gut, gut", er streichelt die Hündin. Sie ist sauber, daher kann er sie anfassen.

„Ekason", ruft er wieder.

„Ekason", antwortet Mama Serafina. Sie und Baba Oluwole sitzen auf Hockern, vor sich auf einem niedrigen Tischchen die Frühstücksspeisen. „Wir sind alle wach, der Morgen grüßt uns wunderbar, du triffst uns beim Frühstück an[30]. Komm und setze dich zu uns."

Und so macht es Abiodun, Mama Serafina holt schnell eine Schüssel für ihn, Ogi ist genug da und auch Agidi und Moyin Moyin[31], Abioduns Lieblingsspeise.

„Was bringt dich zu uns und so früh?", fragt Baba Oluwole.

„Ich hatte eine unruhige Nacht, so verstörend, dass ich mich meinem Freund, dem Baale, anvertraute."

„So ernst?", fragt Baba Oluwole.

„Ja, so kann man es sagen." – Er wechselt das Thema.

„Der Baale lädt uns alle ein, ihn morgen zu besuchen, mit eurem Gast, ich werde auch Mama Keffi Bescheid sagen, ich möchte, dass sie uns begleitet."

„Das ist gut, ich habe schon daran gedacht, dass wir

unseren Freund bald besuchen müssen und ihm berichten, was geschehen ist. Die Ereignisse sind ja überwältigend, und nun sind wir mittendrin. Lass mich nachschauen, was unser Gast macht, sie heißt Adela.“

„Adela … ein schöner und seltener Name“, bemerkt Baba Abiodun. „Sie kommt bestimmt aus einer guten Familie.“

„Oh ja, ihr Benehmen zeigt es. Sie ist sehr höflich und bescheiden und kennt sich aus in allen Regeln. Was sie durchmachen muss! Sie tut mir sehr leid.“

Mama Serafina steht auf und verlässt den Raum. Sie geht den langen Gang entlang, bis sie Adelas Schlafraum erreicht. Sie klopft vorsichtig an.

Adela hat wenig geschlafen, gegen Morgen ist sie in einen unruhigen Schlaf gefallen. Sie muss immer an den Baale im Dorf Iwoye denken, *wie er wohl reagiert hätte, wenn so etwas in seinem Dorf vorgekommen wäre.* Wenn einfach eine Fremde aufgetaucht wäre, auch noch mit einem Hund, und wie die Dorfbewohner es aufgenommen hätten. Sie hört das sanfte Klopfen an der Tür, steht auf und öffnet sie. Mama Serafina lächelt und grüßt sie freundlich und fragt dann: „Darf ich hereinkommen?“

„Bitte, Mama, komm’, ich bin schon wach!“

Mama Serafina tritt ein, sie ist noch in ihrer Hausbuba und Wickelkleid, es ist noch so früh, sie hat noch nicht geduscht.

„Adela, unser Freund Baba Abiodun ist hier, er möchte dich kennenlernen. Wir haben ihm von dir berichtet. Wir möchten alle mit dir zum Baale gehen, er muss dich kennenlernen, damit er weiß, wer in seinem Dorf wohnt. Du musst keine Angst haben, er ist sehr nett und weise.“

Adela sitzt auf ihrem Bett und bewegt die Hände unruhig.

„Dann muss ich durch das ganze Dorf laufen. Davor habe ich solche Angst!“

„Das musst du nicht, wir sind alle bei dir. Mama Keffi wird auch mitkommen, mein Mann und ich, der Baale erwartet dich. In diesem Dorf wird dir nichts geschehen.“

„Ich weiß, die Höflichkeit erfordert es! Mama Serafina, was soll ich denn anziehen?“

„Ich werde Dir ein schönes braunes Kleid geben, das passt gut zu dir. Mach dir keine Sorgen deswegen. Wir probieren es nachher an. Der Baale ist sehr liebenswürdig, du wirst sehen. Magst du jetzt Baba Abiodun begrüßen und mit uns essen? Wir warten gern. Mach langsam. Und unseren Besuch machen wir dann morgen. Na, was denkst du?“

Sie setzt sich neben Adela und legt ihr leicht die Hand um die Schulter, mütterlich und verständnisvoll. Adela seufzt, *es muss eben sein. Die Höflichkeit erfordert es, die Menschen hier sind so gut zu mir.* Sie nickt.

„Ich beeile mich, ich danke dir und euch für alles, Mama!“, sagt sie, und wieder wollen die Tränen kommen.

„Gut, mein Kind! Mach’ langsam. Ich komme gleich und hole dich ab!“ Sie geht zurück in die Küche, schaut nach, ob das Feuer noch glimmt und setzt Wasser auf. Dann geht sie zurück zu Adela. Zusammen gehen sie zu den Männern. Mama Serafina stellt sie vor. Adela macht schüchtern einen Knicks und setzt sich still dazu. Sie besprechen den Besuch morgen Nachmittag beim Baale und versichern Adela, dass sie keine Angst haben muss. Auch nicht davor, durchs Dorf zu gehen, sie sind doch alle bei ihr.

Adela seufzt und denkt sich, *warum musste dies alles geschehen?*

Währenddessen liegt Tura die ganze Zeit ruhig vor dem Haus und gibt keinen Ton von sich. Niemand fragt weiter nach ihr. Sie haben sich an ihre Anwesenheit gewöhnt.

Am Nachmittag des nächsten Tages findet Mama Serafina für Adela ein Kleid aus dunkel- und hellblau gewebtem Stoff, einen Wickelrock und eine Bluse mit einem passenden Kopftuch aus hellbraunem Stoff mit eingewebten blauen Fäden. Adela wirkt ruhig und gefasst, dies ist ein wichtiger Tag, sie wird dem Dorfoberhaupt vorgestellt. Auch Mama Serafina und ihr Mann tragen Kleidung aus handgewebten Yorubastoffen, Aso Oke, ihre Bluse ist dunkelrot und ihr Rock blau, passend dazu ist der Anzug von Baba Oluwole. Die gewebten Kleider sind alle sorgfältig gefärbt mit Pflanzenfarben in Blau- und Erdtönen, das Blau aus Indigopflanzen gewonnen.

Die drei gehen durch das Dorf, die lange rote Sandstrasse entlang. Zum Glück regnet es nicht. Tura hat Adela gehorcht und ist im Haus geblieben. Viele Menschen begegnen ihnen. Die Kinder laufen neugierig vor ihnen her und singen dabei. Ihre kleine Gruppe erregt Aufsehen in diesem Dorf, es geschieht nicht viel hier außer, dass die Zeiten unruhig sind und die Nachrichten aus anderen Gegenden Angst verbreiten. Viele haben schon von Adela gehört. Alle, die ihnen begegnen, grüßen freundlich. Sie müssen eine Weile gehen, bevor sie das Haus des Baale erreichen, das halb verdeckt hinter einer braunen Lehmmauer liegt. Hohe Mangobäume geben Schatten vor der Mauer. Die Sonne steigt und steigt. Ruhig liegt es da, groß, aus Lehm gebaut, die heruntergezogenen Seiten des Daches sorgen dafür, dass Regen abläuft. Holzladen bedecken die Fenster. An den Seitenwänden, der Straße abgewandt, hängen mehrere Schädel. Neben der Tür stehen Holzbänke. Gerade als sie den Wächter grüßen wollen, eilt Mama Keffi durch das Tor und weist ihn an, die Besucher hereinzulassen.

„Da seid ihr ja!", ruft sie und umarmt Mama Serafina und Adela, als kenne sie sie schon Ewigkeiten, sie knickst vor Baba Oluwole. „Endlich, wir warten schon! Kommt herein!" Sie nimmt Mama Serafinas Hand und küsst sie.

„Wie hübsch du aussiehst!", bewundert Mama Serafina

Mama Keffis hell- und dunkelbraune Kleidung, durchsetzt mit dünnen Silberfäden.

„Ihr aber auch!", erwidert sie und schaut die Besucher aufmunternd an. „Kommt!"

„Guten Morgen, Liebe, wie geht es?" Baba Abiodun kommt ihnen entgegen, er hat drinnen gewartet, umarmt Mama Serafina und seinen Freund Baba Oluwole, wendet sich dann zu Adela und begrüßt sie: „Da bist du ja! Sei willkommen, Adela, folgt mir zu unserem Freund!" Er winkt auffordernd mit der Hand, ihm nachzugehen.

„Danke, es geht uns allen gut!" erwidert Baba Oluwole.

Sie betreten das Empfangszimmer des Baale, er sitzt auf seinem geschnitzten, gemaserten und polierten Stuhl. Seine Kappe passt zu dem dunkelroten Gewand, das in Falten vom Stuhl herunterhängt und bis auf den Fußboden reicht. Es ist bestickt mit goldenen und schwarzen Fäden, geschwungene und verschlungene Ornamente bilden ein eindrucksvolles Muster, die weiten Ärmel liegen auf den Handgelenken, die auf den geschnitzten Lehnen ruhen.

Baba Abiodun beginnt zu danken, dass sie empfangen werden: „Wir sind geehrt, heute deine Gäste zu sein."

Der Baale macht eine Handbewegung die bedeutet, dass sie Platz nehmen sollen auf den kleineren geschnitzten Stühlen, die für Besucher bereit stehen. Ein Ventilator hängt von der Decke, ein großes besticktes Tuch, das von einem Diener, dessen alleinige Aufgabe dies ist, mit Zugbewegungen hin- und her bewegt wird.

Der Baale klatscht dreimal in die Hände, junge Mädchen bringen Kalebassen mit Palmwein. Eine geflochtene Schale mit Kolanüssen steht auf dem hölzernen niedrigen Tisch.

„Wer bricht die erste Nuss?", fragt der Baale und lächelt. Er lässt die Formalitäten beiseite und hält Baba Abiodun die Schale hin.

Baba Abiodun nimmt eine Kolanuss, legt sie auf einen kleinen Holzteller, der nur für diesen Zweck geschnitzt wurde und spricht Worte des Dankes. Dann bricht er sie in ihre vier natürlichen Teile. Die beigerosa Nussteile leuchten in der Schale. Der Baale beginnt und alle nehmen ein Stück.

„Wir sind heute hier, um dir Adela vorzustellen. Ihre Geschichte habe ich dir berichtet", erklärt Baba Abiodun.

Adela erhebt sich und macht einen tiefen Knicks vor dem Baale.

„Mein Kind, du bist willkommen bei uns. Magst du mir sagen, wer deine Eltern sind und woher du kommst?", fordert er sie freundlich auf.

Adela blickt ihn an. *Er ist nicht so wie unser Baale,* denkt sie, *aber trotzdem freundlich.*

„Ich komme aus Iwoye, mein Vater ist Babalawo Fasanmi und gehört zum Hof des Baale Afolabi Osundipe, und meine Mutter ist Adebimpe."

„Aber das ist ja mein Freund, Babalawo Fasanmi, und das erfahre ich erst jetzt, dass du seine Tochter bist?", ruft Baba Abiodun in höchstem Erstaunen.

„Ich kann es nicht glauben, du bist seine Tochter? Und eure Familie hat so ein Schicksal zu erleiden. Und seine Tochter ist jetzt hier in unserem Dorf Meko!"

Alle blicken verwundert auf Adela.

„Was weißt du von deinen Eltern? Wo sind sie jetzt? Was ist mit ihnen geschehen?", fragt der Baale.

„Nichts weiß ich, gar nichts!", kommen die Worte schluchzend aus ihrer Kehle.

Die Männer blicken sich an, die Frauen springen auf und gehen zu Adela, umarmen sie, halten sie fest und reden leise mit ihr.

Baba Abiodun schüttelt seinen Kopf. Er ist tief getroffen von dieser Erkenntnis. *Sein Freund, mit dem er zusammen die Ausbildung zum Heiler gemacht hat, ist verschwunden, geraubt, verschleppt, niemand weiß wohin, mit seiner Frau und seinen Kindern. Und hier sitzt seine älteste Tochter. Wenn das nicht ein Zeichen des Himmels ist.*

Der Baale blickt von seinem Stuhl auf die Anwesenden.

„Gott hat uns diese junge Frau geschickt, er wusste, dass sie hier gut aufgehoben ist. Wir werden sie wie unsere eigene Tochter behandeln", sagen Mama Serafina und ihr Mann wie aus einem Mund.

Der Baale wendet sich an Adela. „Was tust du gern?", fragt er sie.

„Ich habe meiner Mutter geholfen, die Orangen zu verkaufen, mit denen sie handelt. Sie hat einen Platz auf dem Markt in Iwoye. Ich kann weben und singen, ich tanze im Dorf in meiner Altersgruppe[32]. Mein Vater hat mir auch viel beigebracht über Heilkräuter."

Und noch mehr habe ich von ihm gelernt, denkt sie, aber das sage ich niemandem, es wird mein Geheimnis bleiben. Sie erinnert wehmütig die frühen Morgen, wenn sie die Odus für das Ifa Orakel werfen konnte, bevor er wach war. Im Dunkeln fast. Und an den speziellen Morgen denkt sie auch. *Wie wunderschön es war, Olufemi dort zu treffen, und wie er mir geholfen hat, die Orangen aus dem Fluss zu holen, als sie von meinem Tablett rollten.* Die Erinnerungen an diesen Tag und die darauf folgenden bringen solche Gefühle von Verzweiflung und Verlassensein über sie, dass sie still vor sich hin weint und nichts kann den Tränenstrom aufhalten.

Alle trösten Adela, langsam beruhigt sie sich. Mama Serafina seufzt, *das arme Mädchen, es wird lange dauern, ehe sie wieder einigermaßen ausgeglichen sein kann. Wenn sie sich mir nur bald offenbaren würde, dann könnte ich ihr ja helfen. Fragen mag ich sie nicht. Sie wird es mir schon sagen. Vielleicht hat sie noch nicht genug Vertrauen.*

Der Baale wendet sich nochmals Adela zu:

„Adela, wenn du Sorgen hast, kannst du immer zu mir kommen. Vergiss es nicht. Du bist in den besten Händen, mein Freund Baba Abiodun und Baba Oluwole kümmern sich mit ihren Frauen um dich. Ich werde versuchen, Neuigkeiten zu erfahren über die Bewohner deines Dorfes. Es wird nicht leicht, ich habe erfahren,

dass das Dorf dem Boden gleich gemacht wurde, ich sage
es dir lieber, denn vergebliche Hoffnung vergiftet. Bei uns
bist du sicher, Adela."

Er überlegt kurz, sagt dann aber doch: „Einige Fon
wohnen auch hier. Wir halten Frieden mit ihnen und sie
mit uns."

Adela blickt erschreckt auf.

„Die Fon?", ruft sie erstickt. „Sie sind grausam, sie
köpfen ihre Gefangenen, ihr König steckt die Köpfe auf
Stangen, die um seinen Palast herum stehen. Sie haben
ein Heer von kriegerischen Frauen, die grausamer sein
sollen als die Männer."

„Adela, das ist in Abomey, weit fort von hier, am Hof
des Königs Adahoonzou. Krieg ist immer grausam, und
je ungerechter, umso grausamer."

„Nie hätte ich gedacht, dass meine Familie und ich
mitten hineingezogen werden in diesen Krieg!", ruft sie
und denkt, *das einzig Gute daran ist, dass ich den schrecklichen Olagoke nicht heiraten muss, das blieb mir erspart.
Aber den, den ich liebe, den kann ich nicht sehen und weiß
gar nichts von ihm.*

Äußerlich bleibt sie ruhig, so wie sie erzogen wurde,
immer in Kontrolle bleiben. Sie blickt auf ihre im Schoss
gefalteten Hände.

„Vertraue auf Eledumare, nur er weiß, was uns Menschen bestimmt ist", tröstet der Baale. So, als ob er ihre
Gedanken lesen kann.

Baba Abiodun erhebt sich und wie auf ein Zeichen
stehen auch die anderen auf. Adela ist froh, dass der Besuch gleich vorbei ist. Sie sehnt sich nach ihrem ruhigen
Zimmer.

„Wir werden jetzt gehen, vielen Dank, dass wir kommen
durften." sagt Baba Abiodun.

„Es wird alles gut", antwortet der Baale. Sein Herz ist
ruhig, aber er weiß, dass Vorsicht geboten ist. Fremde im
Dorf geben immer Anlass zu Aufregung und Verdächti-

gungen. *Zum Glück ist sie eine junge Frau, da werden die Bewohner weniger misstrauisch sein. Sie ist kein Soldat, trägt keine Waffen und hat nichts mit dem Krieg zu tun, was man ja bei Männern, die vorbeikommen, nie weiß.*

Alle verabschieden sich vom Baale, die Frauen mit Knicksen, die Männer mit Umarmungen.

Der Wächter öffnet das Tor, draußen spielen Kinder, die auseinanderstieben, als die Gruppe heraustritt. Sie schauen um die Mauerecke und tuscheln. Eine junge Frau kommt ihnen entgegen und mustert Adela verstohlen. Sie knickst höflich. Sie trägt eine bunte Bluse und einen Wickelrock aus braunem Material, alles ist abgetragen, es ist Arbeitskleidung. Als sie am Tor ankommt, legt sie den Korb mit Yamwurzeln nieder, nimmt das gerollte Tuch vom Kopf und atmet tief ein. Sie grüßt den Wächter und winkt ab, als er ihr das Tor aufmachen will.

„Warte noch, Yusuf, ich will mich einen Augenblick ausruhen!", bittet sie ihn. Er lächelt, ist doch klar, dass sie noch einen Blick auf die Besucher werfen möchte, wo sie nun verpasst hat, sie zu treffen.

Adela hat das Mädchen gesehen und sich gefragt, wer sie wohl ist. *Vielleicht die von Mama Keffi Erwähnte?* Niemand spricht. Adela geht neben Mama Serafina. Die Dorfstraße ist ruhig, alle scheinen in ihren Häusern beschäftigt zu sein.

„Wenn ich nur einen Webstuhl hätte, dann könnte ich mich nützlich machen", meint Adela, „ich liebe es, zu weben."

„Das trifft sich gut. Hast Du Imade gesehen, das Mädchen, das gerade kam, als wir gingen? Sie ist eine gute Weberin, sie weiß, wo es gute Webstühle gibt. Komm doch morgen zu uns, dann lernst du sie kennen. Du kennst ja niemanden hier in deinem Alter."

„Ja, das wäre schön", antwortet Adela, sie seufzt, sie denkt an Nike, von der sie auch nicht weiß, wo sie jetzt ist. *Ach, Nike, wenn du doch hier wärst …*

„Du brauchst den Kräutertee, den wir neulich zusammen getrunken haben, Adela, trinke ihn dreimal täglich und auch noch vor dem Schlafengehen, dann wird es dir besser gehen", schlägt Mama Keffi vor. Sie hat gesehen, dass Adela beinahe wieder weinen wollte. „Hast du noch davon?"

„Ja, er reicht noch."

„Wenn du morgen kommst, dann nimmst du neuen mit, ich freue mich auf dich."

Adela nickt, „Danke dir" murmelt sie.

Mama Keffi und Baba Abiodun gehen in dieselbe Richtung. Adela geht mit Mama Serafina und Baba Oluwole dem Haus entgegen.

„Mama Serafina, wenn wir zu Hause sind, möchte ich mit euch sprechen", bittet Adela.

„Natürlich, Kind, das machen wir so."

Vielleicht wird sie es uns jetzt sagen. Wir brauchen alle Geduld.

Ruhig setzen sie ihren Weg fort.

Sie lehnt sich an die warme Mauer und schaut den Besuchern hinterher. Imade zieht die Brauen zusammen. *Habe ich es also verpasst, das neue Mädchen zu sehen. Wahrscheinlich bleibt sie, sonst hätten sie bestimmt nicht den Baale mit ihr besucht. Sieht ganz danach aus, als ob Mama Keffi sich schon um sie kümmert. Aber sie wird schon sehen, dass ich auch noch da bin. Und ältere Rechte habe. Alles mache ich für Mama Keffi. Den ganzen Tag geht es: „Imade komm, Imade hol, mach dies, mach das." Ich werde nicht ihre Freundin sein, warum auch?*

Weil die Göttin dir sagt, dass denen geholfen werden muss, die Hilfe brauchen – sagt die leise Stimme in ihrem Kopf zu ihr.

Und mir, wer hilft mir?, gibt Imade trotzig zurück.

Wie kannst du dich mit einem Mädchen wie Adela vergleichen? Und wurde dir nicht geholfen? Es geht dir doch gut bei Mama Keffi. Du lernst viel und du hast Zeit, Dinge zu tun, die zwar Arbeit sind, aber auch Spaß machen.

Welche denn? Na, zum Beispiel deine Webmuster, die du dir ausdenkst und weben kannst. Imade nickt der unsichtbaren Stimme zu.

Na siehst du, Imade, und denke nicht immer nur, dass du die einzige bist, die viel zu tun hat. Mama Keffi ist meine Dienerin, sie hilft vielen, und viele suchen ihre Nähe. Adela hat nicht danach gefragt, hierher zu flüchten. Bestimmt möchte sie zu Hause sein, bei ihren Eltern, Geschwistern und Freundinnen.

Das ist es ja gerade, sie fragt nicht und bekommt alles.

Sie hat doch alles verloren, Imade, sie hat gar nichts. Nur noch ihren Hund.

Welchen Hund?

Die Hündin, sie liebt sie doch.

Wie kann man denn eine Hündin lieben?

Manche tun es, sie spüren die Seele des Tieres. Diese Hündin ist etwas ganz Besonderes. Sie hat alles mit Adela durchlitten

Imade wundert sich. Das hat sie noch nie gehört. Sie ist sogar ein kleines bisschen neugierig auf den Hund, auch wenn sie es nicht zugibt.

„Imade, so in Gedanken?"

Sie hat Afolabi gar nicht kommen gehört. Auch das noch, sie will ihn gar nicht sehen. Trotzdem wird sie rot.

„Wieso kommst du so früh schon her?". fragt sie ihn.

„Ich dachte du freust dich", sagt er enttäuscht.

„Ich will gar nicht mehr hier bleiben, am liebsten möchte ich weg, weg von allem."

„Wieso denn das?", fragt er erschrocken. „Komm", er legt ihr den Arm um die Schulter.

Sie schiebt ihn weg. „Lass mich, du bist wie alle anderen."

„Was meinst du?"

„Gestern wolltest du kommen, aber du kamst nicht. Heute bist du da, als ob du es nicht mehr wüsstest."

„Deshalb bin ich doch da, um es dir zu erklären."

„Und?"

„Sie haben mich ausgewählt für die Dorfgarde. Ich soll mit den anderen jungen Männern das Dorf bewachen. Da konnte ich nicht mehr kommen. Du kannst stolz auf mich sein."

Sie blickt ihn an. „Ja, das ist eine Auszeichnung. Aber auch sehr gefährlich. Pass bloß auf, besonders in den Nächten!"

„Das ist es doch gerade, ich kann beweisen, wie gut

ich bin, ich habe die besten Ohren von allen, ich höre das kleinste Geräusch sofort."

Er kommt zu ihr, umfasst sie und zieht sie an sich.

Imade wird ganz anders, sie zittert und ihre Knie werden weich. Sie sagt nichts. So stark ist Afolabi, aber ich muss es gleich vergessen, ich sollte ihm nicht so schnell vertrauen. Er muss sich erst beweisen. Das nächste, was sie fühlt, sind seine weichen Lippen an ihrer Schläfe, an ihrem Hals, und plötzlich auf ihren Lippen. Sie ist so erregt, dass sie sich öffnen ohne ihr Zutun, sie kann Afolabi nicht widerstehen, sie fühlt seine starken Muskeln an ihrem Körper, sie will nichts anderes als sie spüren. Ich darf nicht, ich darf nicht, sie will die Gedanken zurückdrängen, es geht nicht. Sie macht sich los.

„Afolabi, nicht, und erst recht nicht hier draußen."

„Wann, Imade, wann?"

„Afolabi, du fragst mich wann? Ich antworte dir: Wenn du mit Baba Abiodun gesprochen hast, du weißt, er ist wie mein Vater. Das heißt aber noch lange nicht, dass ich dich bald heiraten werde, so weit sind wir noch lange nicht."

„Bitte, Imade, gerade jetzt brauche ich dich doch."

„Wieso?"

„Das fragst du noch? Wir sind schon halb im Krieg, wenn das Dorf eine Garde braucht."

„Ach Afolabi, du siehst es zu schwarz, geh' jetzt, ich habe zu tun."

„Immer schickst du mich weg."

„Ich will nicht, dass die Leute anfangen, zu reden, du weißt, wie sie sind. Sie sehen alles, alles."

„Beruhige dich, Adela, beruhige dich doch. Wir sind alle bei dir.“

Mama Serafina umarmt Adela und wischt ihr die Tränen ab. Adela kann sich kaum beruhigen, die Außentür geht auf und herein läuft Tura, die sich an Adelas Seite schmiegt, so als wolle auch sie ihre Herrin trösten. Eigentlich darf Tura nicht ins Haus, aber diesmal sagt niemand etwas. Sie geht dann von selbst hinaus, sie ist so ein kluger Hund.

„Trink dies, Adela“, Mama Serafina reicht ihr eine kleine Kalebasse mit Wasser.

Adela trinkt. Sie hat es endlich fertigbringen können, Mama Serafina und Baba Oluwole ihre Geschichte zu erzählen. Sie hat wenig verschwiegen. *Diese Menschen sind so gut zu mir,* hat sie sich tagelang gesagt. *Sie haben es verdient, dass ich ehrlich bin.* Nur dass Olufemi nachts zu ihr gekommen ist, hat sie verschwiegen. *Nachher glauben sie noch, sie wäre eine Zauberin. Außerdem – jeder hat seine Geheimnisse.*

Mama Serafina freut sich so sehr.

„Mama Keffi und ich werden dir bei der Geburt helfen, du wirst sehen, alles wird gut.“ *Das ist so schön, wieder ein Baby hier zu haben.*

Sehnsüchtig denkt sie an ihre eigenen Töchter, die weit weg von hier wohnen, viele Tagereisen entfernt sind sie verheiratet. *Meine Enkel habe ich so lange nicht sehen können.* Ihre einzigen zwei Söhne sind beide als kleine Kinder gestorben, einer an Malaria, und der andere hat eine Lungenentzündung nicht überlebt. Das ist schon so lange her, aber es schmerzt sie noch immer, wenn sie an sie denkt. Und das tut sie allezeit.

„Ich möchte mich jetzt hinlegen", hört sie Adela sagen. Natürlich, sie braucht Ruhe. Der Tag war so aufregend.

„Ja, Kind, antwortet sie, das ist gut. Ausruhen ist gut. Morgen können wir zu Mama Keffi gehen, dann kannst du Imade kennenlernen."

In ihrem Zimmer sitzt Adela noch eine Weile auf dem Bambusbett. Es friert sie. Endlich kann sie sich hinlegen. Sie hat Angst davor, Imade kennenzulernen. Sie möchte überhaupt niemand sehen außer Mama Serafina. Schließlich fällt sie in einen unruhigen Schlaf.

„Das hast du gut gemacht, Adela", hört sie Olufemi sagen.

„Was habe ich gut gemacht?"

„Du hast Mama Serafina erzählt, was dich bedrückt, und darum kann sie dir eine große Hilfe sein. Es war an der Zeit. Es sind so gute Menschen, wie sie dich aufgenommen haben, ist etwas ganz Besonderes. Ich werde bald bei dir sein. Ich habe hier jetzt Freunde gefunden. Wir sind dabei, uns auf die Flucht von der Insel vorzubereiten. Wir treffen uns jede Woche, wir haben Trommeln hergestellt, damit informieren wir alle anderen Freunde. Wir geben auch Botschaften weiter, die wir durch Weitersagen von Mann zu Mann verbreiten. Es sind viele Yoruba hier. Wir wollen versuchen, in den Norden der Insel zu fliehen. Von dort wollen wir mit Booten an die Küste des Königreichs Calabar fahren. Die Entfernung von der Insel zur Küste ist der kürzeste Weg, haben wir erfahren. Die Winde sind tückisch, aber wir werden es schaffen. Wir müssen sehr vorsichtig sein. Manche von uns wollen die Aufseher töten. Andere sind dagegen. Bete für uns, Adela."

Der Traum verblasst, sie versucht, die Bilder festzuhalten, aber sie vergehen so schnell, zu schnell. Lange noch liegt sie wach und wirft sich unruhig hin und her. Die Nacht ist schwül, ihre Brüste schmerzen.

Fernando Póo

Femi fristet sein armseliges und grausames Dasein auf der Sklavenplantage der Martins in Fernando Póo. Er versucht jeden Tag, die düsteren Gedanken zu verscheuchen, die ihn verfolgen und quälen – Gedanken an seine Eltern, sein Dorf, seine Kameraden. Auch Erinnerungen an die Reise verdrängt er immer wieder. Er will alles vergessen, was geschehen ist. Alles, was er denkt und wünscht, ist, von hier zu fliehen. Trotzdem – immer wieder drängen sich die Gedanken auf an das, was er durchmachen musste: die Gefangennahme am Fluss, nachdem Wale grausam getötet wurde, die Überfahrt zur Küste nach Badagry, von dort die lange Fahrt durch den Atlantik und den Golf von Guinea zur Insel Fernando Poó. Fast die ganze Zeit war ihm schlecht, dicht an dicht lagen die Gefangenen aneinandergepresst unter Deck, Köpfe an Füßen. Frische Luft zum Atmen gab es kaum, nur der ekelhafte Geruch von Erbrochenem und Fäkalien verließ sie nie.

Hier als Sklave zu arbeiten ist nicht viel besser, außer, dass es frische Luft zum Atmen gibt. Ich bin so abgestumpft geworden.

Noch vor Sonnenaufgang werden sie morgens geweckt und arbeiten bis Sonnenuntergang, wenn sie zu zweit an den Knöcheln gefesselt in ihre Hütten zurückkehren. Sie fällen Bäume, roden viele Hektar Wald, pflügen, pflanzen, rupfen Unkraut, hacken Holz, sie arbeiten auf den Feldern oder in den Scheunen, wo auch immer die Aufseher sie hinschicken. Sie werden geschlagen, wenn sie sich nur mal strecken oder eine kleine Pause einlegen.

Auch abends werden sie manchmal noch zu Arbeiten herangezogen, werden aus ihrer Ruhe geholt. Sogar kleine Kinder und alte Menschen müssen arbeiten. Wenn sie – was selten genug vorkommt – freie Zeit haben und noch Kraft dafür aufbringen, können sie etwas für sich selbst arbeiten, rund um die Hütte herum. Das Essen ist so karg, dass sie nie satt werden, sie pflanzen selbst etwas an wie Süßkartoffeln, grünes Blattgemüse und andere Nahrungsmittel wie Zwiebeln. Auch Sonntags müssen sie arbeiten. Ihre Hütten sind aus Stöcken und Schlamm gebaut, der hart wie Stein wird, die Dächer löchrig, der Wind zieht hindurch, die Sklavenbesitzer verfolgen nur das Ziel, ihre wertvollen Sklaven mit den bescheidensten Mitteln am Leben zu erhalten.

Die meisten Sklaven leben ohne ihre Familie, sie sind vorher schon getrennt worden. Manche freunden sich etwas an, auch finden sich Paare zusammen, um der Einsamkeit zu entfliehen. Jedes neugeborene Kind wird automatisch Eigentum der Sklavenbesitzer.

Alle sind rechtlos. Die Besitzer, Spanier, die um diese Zeit die Insel regieren, können mit ihnen umgehen, wie sie wollen. Stirbt jemand durch körperliche Strafe, werden die Herren nicht zur Rechenschaft gezogen, von wem auch?

Femi passt sich an, er trauert für sich allein, um seinen Freund Wale, um den Verlust von Adela, seiner Familie, seinen Freunden. Er versucht, nicht weiter aufzufallen, er schläft abends und träumt immer nur von Iwoye und von Adela. Er träumt von ihrer Schwangerschaft und nimmt spirituellen Kontakt mit ihr auf. Seine innere Stimme leitet ihn und bestimmte Kräfte des Himmels geben ihm Informationen über Adela.

Er hat es sich auf der Bank vor dem Haus einigermaßen bequem gemacht, es ist schon eine Erholung, ruhig zu sitzen und einfach das Ende des Tages aufzunehmen mit der Aussicht, bald die Glieder strecken zu können, wenn auch auf der harten Matte über dem gestampften Boden.

Adela, Adela, Adela, denkst auch du an mich? Ich bin froh, dass du mich so nicht sehen kannst. Ich weiß, dass du es besser hast als ich. Gott steht uns bei, ich sah es, als ich bei dir war, mein zweites Ich. – Es kann niemals gut genannt werden, fort von Eltern, Geschwistern und der Liebsten zu sein. Nicht zu wissen, wo sie sind. Wer bin ich? Ein Niemand bin ich hier. Es zählt nur meine Kraft, die ich ihnen umsonst gebe und wozu sie mich zwingen. Was ich fühle, denke, ob ich Schmerzen leide, es interessiert niemanden. Da kommt schon wieder einer von den anderen, die vorn in der Hütte wohnen, er arbeitet nicht in meiner Gruppe. Mal sehen, was er will.

„Guten Abend, Bruder, darf ich dich kurz sprechen?"

Er spricht Yoruba, allerdings nicht so wie in unserer Gegend in Iwoye.

„Klar, setz dich neben mich." Er ist bestimmt so müde wie ich auch, da soll er nicht stehen.

„Bruder, du siehst aus wie ein Yoruba und du bist auch einer, wie ich gerade gehört habe. Ich dachte es mir schon. Weißt du, es gibt hier einige von uns. Wir haben angefangen, uns zu treffen. Wir wollen alle weg aus dieser verdammten Hölle hier. Ich dachte mir, ich spreche dich mal an. Kannst du vielleicht trommeln?"

Wie er darauf wohl kommt? Komisch, er fragt geradeheraus, ohne lange Umschweife. „Ja, ich bin Trommler."

„Wirklich? Eledumare sei Dank! Er hat dich geschickt, wir suchen nämlich noch einige, die trommeln können. Wir wollen unsere Botschaft auf der Insel verbreiten oder vielmehr, zunächst in der Gegend hier, und da brauchen wir Verstärkung."

„Ja, trommeln kann ich, nur die Trommel fehlt."

„Da sind wir dran, wir haben einen Trommelbauer. Wir brauchen eigentlich Dun-Dun, aber wir müssen erstmal ohne auskommen, wir denken uns etwas aus, die Brüder verstehen uns auch so. Sie merken, wenn die Trommel sie für etwas Besonderes ruft. Also, Bruder, du bist dabei?"

Olufemi nickt.

„Gut, ich gehe jetzt, wir treffen uns nächste Woche, immer an einem anderen Tag, damit es nicht so auffällt. Ich sag dir noch Bescheid."

„Danke, ich fühle mich geehrt.“

„Ich bin froh, dich gesprochen zu haben. Ich habe gleich gedacht, das ist ein Bruder, den wir brauchen, als ich dich sah.“

Tränen schießen Olufemi in die Augen. Er blinzelt. *Ich will nicht, dass er es sieht. Bin ich schon so schwach geworden, dass ich gleich weine?*

„Wie heißt du?“ fragt er.

„Segun.“

„Ah, Segun, sehr passend. Segun wird gewinnen. Oluwasegun[33]?“

„Ja, genau, woher weißt du das?“

„Ich denke es mir so, es passt. Pass auf den Weg auf.“

„Klar, mach dir keine Sorgen“, antwortet Segun und verschwindet in der Dunkelheit.

So schnell kann es gehen. Das Blatt hat sich gewendet. Wir tun etwas. Wir halten nicht nur aus. Wir nehmen nicht nur hin. Sie haben mich gerufen. Ich folge ihnen. Überall hin. Und wenn es sogar hier auf Erden endet. Es wird nicht enden. Wir kommen hier weg. Wir werden es ihnen zeigen.

3

Gewitter

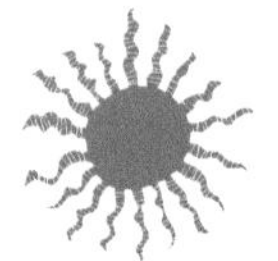

Einige Monate später

Schüsse hallen durch die mondlose Nacht. Sie hasten weiter, das Unterholz ist so dicht, die Nacht so dunkel, sie sehen nichts. Weiter, nur weiter. Trommeln dröhnen in der Ferne. Werden leiser und leiser, dann wieder lauter. *Täuschen meine Sinne mich, oder laufe ich im Kreis,* beginnt Olufemi an sich zu zweifeln. Hinter sich hört er Segun, er hofft es jedenfalls, ganz sicher ist er sich nicht. Segun, der sich als Freund erwiesen hat. Bis jetzt. Man weiß es nie. *Weiter, weiter,* treibt er sich an. Es ist, als ob seine Brust explodieren will. Aber eine Pause jetzt könnte tödlich sein. *Nicht an Schlangen oder Wildkatzen denken, die sich von den Bäumen herab auf mich stürzen könnten. Es gibt sowieso keine Wahl, lieber in Freiheit sterben als in Gefangenschaft.*

In Ikom

Femi sitzt vor der Hütte und sinnt vor sich hin. Er kann nicht schlafen und braucht etwas Luft.

Immer wieder kreisen seine Gedanken um die Ereignisse der letzte Tage.

Warum nur mussten unsere Pläne scheitern? So viele Gründe gibt es dafür. Wir waren uns als Gruppe nicht einig, einige wollten das Haus des Gouverneurs abbrennen, andere wollten seine persönlichen Soldaten umbringen, bevor sie dann ihn und seine Familie beseitigen würden. Wieder andere wollten warten. Von den Frauen hatten viele Bedenken und haben unsere Männer beeinflusst. Und welcher Mann kann schon etwas gegen die Macht der Frauen un-

ternehmen? Die meisten sind dazu viel zu schwach. Die Paare unter den Sklaven hielten zusammen. Niemand kann ohne menschliche Wärme sein in dieser grausamen Welt. Das größte Hindernis war und ist die Umgebung. Wir Sklaven sind alle auf verschiedenen Plantagen auf der Insel verteilt. Wir hatten keine Möglichkeiten, uns zusammenzutun, um zu einem einzigen Schlag auszuholen. Außerhalb der Plantagenanlagen besteht ja der Wald aus undurchdringlichem Dickicht, selbst mit Macheten wären wir wochenlang unterwegs gewesen. Es wäre auch aufgefallen, wenn wir Boten zu den anderen Plantagen gesandt hätten, ihre Abwesenheit wäre doch sofort bemerkt worden und der Verdacht gleich auf uns gefallen.

Ich habe dann alles gemeinsam mit Oluwasegun gemacht. Ihm konnte ich vertrauen. Ich wusste, dass mittags oft zwei Fischer zur Küche kamen, um ihren Fang zu verkaufen. Der Koch hatte mir gesagt, wann sie wiederkommen würden. Ich habe mich dann in der Mittagspause vom Feld entfernt und sie auf ihrem Rückweg angesprochen. Ich hatte Glück, einer war sogar Yoruba, der andere Efik. Ich fragte sie doch tatsächlich, ob sie mich über das große Meer bringen würden, weg von der Insel. Und nicht nur mich, sondern auch meinen Freund Oluwasegun. Wir hatten uns gemeinsam überlegt, dass es so das Beste wäre. Wir fühlten uns schlecht, wir hätten gern mit den anderen zusammen etwas durchgeführt. Aber leider mussten wir lernen, dass sich jeder selbst der Nächste ist.

Meine Leute zu etwas zu bewegen, ist nicht leicht. Sie haben immer so viele Argumente gegen Vorschläge. Jeder will Macht und seinen Willen durchsetzen, sogar in einer verzweifelten Lage wie unserer. Meine Brüder und Schwestern sind immer noch gefangen und werden weiter drangsaliert und geschändet. Es ist schwer. Wenige sind einsichtig und noch wenigeren kann man vertrauen. Oluwasegun hatte meinem Plan zugestimmt. Wir besprachen mit den Fischern, dass sie uns an einem verabredeten Tag mitnehmen würden. Wir brachten auch sie damit in große Gefahr, aber sie willigten ein. Anstatt zur Plantage zu gehen, um zu arbeiten, versteckten wir uns am Strand an dem bestimmten Tag. Als sie zurückkamen, nahmen sie uns mit zu ihrem Boot und wir fuhren los. Wir hatten großes Glück mit dem Wetter, die See war ruhig, wir kamen sehr gut voran. Wir mussten nachts in einer kleinen Bucht schlafen, bevor es am nächsten Morgen weiterging.

So wie Wale und ich es vor langer Zeit getan hatten, brieten wir wieder Fische auf einem kleinen Feuer und stärkten uns.

Wir trafen niemanden und uns war es recht. So konnte niemand Verfolgern Auskunft geben, wenn sie uns verfolgen sollten. Am nächsten Morgen ging es weiter, das Wetter hielt sich. Unsere neuen Freunde kannten sich so gut aus, sie navigierten sicher durch die vielen kleinen Flussarme, die zu ihren Dörfern führen. Manchmal trafen wir andere Kanus mit Fischern, die uns freundlich zuriefen und winkten.

Wir sind bald da, versicherten uns die beiden Fischer. Ich werde ihnen ewig dankbar sein und sie nie vergessen. Und nun sind wir hier, in Ikom, einem kleinen Dorf in der großen Lagune, mitten in den vielen verzweigten Armen des Flussdeltas. Der Wald scheint so dicht, wenn wir weiterziehen, werden wir starke Messer brauchen. Es ist unglaublich heiß und feucht, viel heißer als in Iwoye, wo oft ein Wind weht auf dem Plateau.

Unsere Freunde brachten uns zu Vater Udom, dem Vater von Udo, unserem Fischerfreund. Vater Udom war so freundlich zu uns, wir konnten es kaum fassen. Sein Sohn erklärte ihm unsere Geschichte, während wir alle auf der Bank vor dem Haus saßen. Wir verstanden kein Wort, Vater Udom nickte, während er an seiner Pfeife zog. Später gab uns seine Frau zu essen, gebratenen Fisch und Maisbrei, wir konnten uns nicht zurückhalten und aßen alles zu schnell. Udo hat noch einen älteren Bruder. Er kommt immer und fragt uns, wie es uns geht. Wir verständigen uns mit Gesten. Er heißt Ita und sein Vater hat ihm gesagt, dass wir Hilfe brauchen.

Es regnet fast jede Nacht. Der Regen tropft durch das Blätterdach. Wir schlafen in einer kleinen Hütte auf dem Grundstück der Familie des Fischers Udom neben allerlei Geräten und Netzen. Sie sind so gut zu uns. Schon 40 Tage sind Oluwasegun und ich hier. Ich fühle mich besser und kräftiger. Das habe ich dieser Familie zu verdanken. Bald können wir weiterziehen, unserem Ziel entgegen, Iwoye.

Da kommt Vater Udom.

„Guten Abend, mein Sohn!"

„Oh, guten Abend, Vater Udom, ich habe dich nicht gehört!"

Er steht auf und verbeugt sich höflich!

„Wie geht es euch? Wo ist dein Freund?"

„Er schläft. Ich kann nicht schlafen und bin deshalb herausgekommen."

„So geht es mir auch, der Mond scheint so hell, die Nacht ist kühler, da komme ich gern mal heraus."

Wie gut, dass Vater Udom sogar etwas Yoruba sprechen kann. Er hat uns erzählt, dass in dieser Gegend auch Yoruba wohnen, die aus ihrem Königreich Oyo hierher geflüchtet sind. Es reicht, dass wir uns verstehen. Ich spreche kaum Efik, wir verständigen uns mit Zeichen, jeden Tag lerne ich neue Wörter, so geht es.

Imposant, wie Vater Udom da steht, seine Hand auf dem Löwenkopfgriff seines Gehstocks. Er hat ein gewebtes Tuch mehrmals um sich geschlungen, es durch die Achselhöhle gezogen und auf der Schulter verknotet. Es lässt genug von seinem kräftigen Brustkorb und muskulösen Armen frei.

Am Tag macht Vater Udom gern Rundgänge durch das Dorf. So erfährt er immer alles Wichtige. Viele bitten ihn um Hilfe in allen möglichen Angelegenheiten. Er ist immer bereit, anderen zu helfen. Darum hat er auch und beiden Fremden aufgenommen. Die Mehrzahl der Leute im Dorf ist dagegen, aber er erzählt, dass er uns verteidigt und sagt, dass es nur vorübergehend sei. Andere stehen ihm bei. Sein Herz zeigt ihm immer den richtigen Weg.

148

„Vater Udom, wir können dir niemals zurückgeben, was du für uns tust. Wir sind so dankbar, dass du uns hilfst. Nun denken wir daran, bald weiterzuziehen. Unsere Familien brauchen uns. Meine Frau ist schwanger. Ich träume immer von unserem zerstörten Dorf. Wir müssen helfen, um es wieder aufzubauen.”

„Wo ist deine Frau?”, fragt Vater Udom erstaunt. Ein Lächeln überzieht sein breites freundliches Gesicht.

„Ich weiß es nicht genau, sie ist an einem fremden Ort, aber ich besuche sie in meinen Träumen, und dann reden wir. Bald wird das Kind kommen, ein Sohn.”

„Ich wünsche euch alles Glück, das ihr braucht!”

„Ja, Vater Udom, ich danke dir. Wir denken Tag und Nacht daran, wie wir weiterziehen können. Wir wollen eure Gastfreundschaft nicht zu lange ausnutzen.”

„Ich weiß, ich weiß. Das tut ihr nicht. Wir müssen zusammenhalten, es sind so harte Zeiten. Ich verstehe, dass du zu ihr und deinen Leuten zurück möchtest.”

„Ja, unbedingt. Wir möchten in wenigen Tagen aufbrechen. Wir werden den Weg finden. Wir brauchen allerdings Macheten, einmal um den Weg frei zu hacken, und auch zur Verteidigung.”

„Ich habe den Schmied schon beauftragt, auch für euch Macheten herzustellen, er hat viele von unseren zum neuen Jahr geschärft.“

„Das ist großartig, vielen, vielen Dank!“

„Ihr braucht sie dringend. Der Weg ist so weit. Nur Gott kann euch helfen!”, fährt Vater Udom fort.

„Oh ja, aber wir sind daran gewöhnt, zu laufen, glaub’ mir!”

„Es ist sehr gefährlich, Man braucht die Hilfe vom Himmel. Ihr kennt euch hier doch gar nicht aus. Manche Dörfer liegen im Streit, dann darf man ihre Wege nicht betreten. Ich gebe euch zwei Führer mit, wenn ihr so weit seid. Es sind starke Söhne der Schwester meiner Frau. Die begleiten euch dann ein Stück durch unsere Gegend hier. Ich habe Verwandte weiter weg, meine Führer bringen euch zu ihnen. Dort könnt ihr rasten und euch noch stärken, bevor ihr weiterziehen könnt. Meine Führer werden ihnen sagen, woher ihr kommt."

Femi ist sprachlos und fällt vor Vater Udom auf die Knie.

„Steh' auf, mein Junge, ihr braucht Hilfe, es ist selbstverständlich!" Er hilft Femi hoch.

„Jetzt schlaft, sammelt Kraft, ihr werdet sie brauchen!"

Er steht auf, zieht sein Tuch zurecht und wendet sich zum Gehen.

„Ihr könnt bleiben und euch erholen, so lange ihr wollt, ihr stört mich nicht!"

„Danke, Vater Udom, das ist ein guter Plan, wir sind bereit, wenn du es bist."

„Ich lasse es euch wissen, bereitet euch nach dem nächsten Markttag vor".

Er hebt den Arm und schüttelt seine Faust. Sie erwidern den Gruß.

Ein neuer Tag

Adela blinzelt und versucht, die Augen zu öffnen. Es fällt ihr schwer, sie möchte sie zu lassen, gar nichts sehen, geschweige denn aufstehen. Sie befeuchtet ihren rechten Zeigefinger mit etwas Speichel und streicht ihn über ihre Augenlider. Das hilft beim Wachwerden und lässt die zarte Haut immer schön frisch aussehen. Ihre Mutter hat es ihr beigebracht.

Was wohl Olufemi jetzt macht, wo er wohl ist? Ich hoffe, er ist sicher. Mein Traum ängstigt mich. Oh, wenn ich ihn bloß wiedersehen werde, eines Tages, und er seinen Sohn sehen kann. Sein Sohn, der in Freiheit geboren wird. Ihm wird nichts Böses geschehen.

Über ihrem Nabel fühlt sie die Wölbung, ihr Bauch ist nicht mehr so flach wie früher, allerdings kann nur ein geübtes Auge erkennen, dass sie schwanger ist. *Oh, ich wünschte Olufemi könnte mich so sehen. Ich würde ganz eng bei ihm sitzen und er würde mich umarmen und küssen.* Sie streckt und beugt ihre Beine. *Ich muss aufstehen,* sagt sie sich.

Als sie aufsteht, fühlt sie Brechreiz. Sie unterdrückt ihn, so gut es geht. Langsam geht sie den Flur entlang, um Mama Serafina zu begrüßen und dann zu duschen.

„Ekaro", Guten Morgen, grüßt sie.

„E ku se o!"[34]

„Guten Morgen, liebes Kind, setz dich, magst du Ogi?"

„Ja gerne," dankt Adela. „Lass mich erst duschen, bitte!", fügt sie hinzu und verschwindet in den Garten.

Nebel hängt über dem Dorf, verhüllt die bewaldeten Hügel in der Ferne. Dumpfes Stampfen der Mörser vor den Häusern, Krähen der Hähne, Meckern der Ziegen und ein zartes Glockenläuten dringt an ihr Ohr. Der Tag ist erwacht. Mama Serafina stampft rhythmisch den Yam und geht zwischendurch zu ihrem Topf auf dem Feuer, rührt das Ogi um. Sie zieht ein dickes Holzscheit heraus, um das Feuer niedriger zu halten, damit es nicht anbrennt.

Adela schafft es, sich nicht zu übergeben. *Ich muss Mama Serafina nach etwas Ingwer fragen, vielleicht hat sie oder Mama Keffi auch den Tee gegen Übelkeit, den die Frauen trinken in unserem Dorf.* Sie zieht sich schnell an und geht dann wieder zu Mama Serafina. Diese reicht ihr eine Schale mit Ogi.

„Geht es dir nicht gut, mein Kind?", fragt sie und schaut Adela besorgt an.

„Es geht schon, ich möchte Mama Keffi nach Tee gegen die Übelkeit fragen."

„Gut, nachher gehen wir zu ihr, heute sollst du doch Imade kennenlernen und ihr könnt vielleicht schon ein wenig weben, zumindest die Farben und Fäden sortieren. Was meinst du?"

Adela sitzt da mit gesenktem Kopf. Sie weiß nicht, wie sie es sagen soll, sie will nicht undankbar erscheinen, aber sie will das Mädchen einfach nicht sehen. *Lieber sage ich nichts, sie dürfen auf keinen Fall merken, wie ich mich fühle. Sie geben sich so viel Mühe, es mir angenehm zu machen. Sie sind so rücksichtsvoll.*

„Imade ist ein nettes Mädchen, Adela, sie ist eine Waise. Ihre Eltern sind gestorben und Mama Keffi hat sie aufgezogen und wie eine Tochter behandelt. Wenn sie in die Berge geht, um dort zu fasten, bleibt Imade so lange bei Baba Abiodun und hilft ihm im Haus. Sie arbeitet auch im Haus des Baale, am Tag, als wir dort waren, kam sie gerade vom Markt zurück. Es ging alles so schnell, ist sie dir nicht aufgefallen?"

„Nein, ist sie nicht!", erwidert Adela. Sie will nicht zugeben, dass sie sie gesehen hat und wie sie sich fühlte.

„Dann lass uns bald gehen, ich will mich nur umziehen!", kündigt Mama Serafina an.

„Kann ich so bleiben?", fragt Adela.

„Natürlich, du siehst gut aus in dem blauen Kleid!", entgegnet sie und geht ins Haus.

Kurze Zeit später gehen sie die Dorfstraße entlang zu Mama Keffis Haus. Seit Mama Keffi wieder zurück ist, haben sie und Imade das Haus gesäubert, die Stoffe gewaschen, alles aufgeräumt und die Webstühle bereitgelegt.

„Da seid ihr ja, wie schön!", begrüßt Mama Keffi sie herzlich. „Setzt euch, ich habe Maiskuchen gebacken, wir können es uns gemütlich machen!" Sie legt eine Hand auf Mama Serafinas Arm.

Imade kommt und macht einen Knicks vor Mama Serafina. Adela steht auf.

„Endlich könnt ihr euch kennenlernen, ihr werdet euch bestimmt vertragen!" Mama Keffi blinzelt Mama Serafina unmerklich zu. Sie kennt doch Imade, immer so störrisch und selten liebenswürdig, nur wenn sie will. Die beiden jungen Frauen sehen sich an.

Der werde ich zeigen, wie es hier so zugeht, sie wird mir meinen Platz bei Mama Keffi nicht streitig machen, geht es Imade durch den Kopf. *Sie scheint schwanger zu sein, wenn ich mich nicht irre.*

Warum muss ich mir das antun, sie hasst mich, sonst würde sie die Augenbrauen doch nicht so zusammenziehen. Mit der kann ich nie zusammenarbeiten. Womit denn auch? Sie darf nicht merken, wie mir zumute ist, denkt Adela, reckt das Kinn in die Höhe und streckt den Rücken durch.

Keine guten Voraussetzungen, sich kennenzulernen.

Warum musste sie auch ausgerechnet in unser Dorf kommen? Wir brauchen sie hier nicht, und schließlich hat ja jeder Mensch sein Schicksal. Was geht sie mich an? Ich komme allein zurecht. Warum muss Mama Keffi mir dieses fremde Mädchen aufzwingen? Imade fühlt sich unbehaglich.

„Na, habt ihr euch schon kennengelernt?", ruft Mama Keffi fröhlich und bringt ein Holztablett mit dem süßen Maiskuchen herein. Sie und Mama Serafina tauschen Blicke, es ist alles klar …

Mama Serafina ist besorgt. *Hoffentlich kann Imade einmal freundlich und entgegenkommend sein,* betet sie. Laut sagt sie: „Ihr werdet euch bestimmt gut verstehen, ich habe gehört, dass Adela auch gerne webt!" Sie schaut Adela aufmunternd an.

„Lass uns in den nächsten Tagen Bandele besuchen.", schlägt Mama Keffi vor. „Da findet ihr die besten Webstühle weit und breit. Außerdem lernt Adela etwas von der Gegend kennen!"

Merkt sie denn nicht, das ich keine Lust habe, komisch, Mama Keffi spürt doch sonst alles so genau, warum diesmal nicht? Aber im Gegensatz zu diesen Gedanken täuscht Imade Begeisterung vor und erwidert höflich:

„Gerne, Mama Keffi, warum nicht gleich übermorgen, da ist Markttag?"

„Eine gute Idee, Kind, wir gehen alle, ich brauche Öl und Pfeffer, Kassava ist auch fast leer."

„Ich brauche auch Öl und Seife!", wirft Mama Serafina ein.

„Oh ja, komm' bitte mit, ich helfe dir," wirft Adela ein.

Wie die sich einschmeichelt!, fährt es Imade durch den Kopf, die weiß, wie es geht.

„Gern, Adela, das ist sehr nett von dir, gemeinsam ist es viel lustiger und die Last nicht so schwer!", freut Mama Keffi sich.

Wäre doch Imade nicht so ein launisches Wesen, denkt sie, *dann wäre manches leichter mit ihr. Hoffentlich nimmt Adela es nicht so schwer, dass sie so unfreundlich ist.*

Schweigend essen sie den Kuchen und loben ihn. Mama Keffi und Mama Serafina reden über dies und das, die Mädchen bleiben stumm.

„Habt ihr sonst noch etwas gehört, was wir wissen müssen, neue Vorkommnisse in der Gegend?“, fragt Mama Keffi.

„Zum Glück herrscht Ruhe, ich weiß, dass der Baale Späher ausgesandt hat, um die Umgebung zu erkunden, und er hat mehrere Männer als Nachtwachen eingesetzt, damit sind wir sicherer. Er ruht sich nicht aus, sondern will uns schützen.“

Ja, und Afolabi ist auch dabei, denkt Imade, sagt aber nichts, niemand soll wissen, wie sie fühlt. Auch nicht Mama Keffi, der sie sonst immer vertraut.

Besuch bei Bandele

Mama Keffi klopft an die Tür des kleinen Hauses, obwohl sie halb offen steht.

„Mama, ich bin hier, Mama Keffi mit Mama Serafina, Imade und Adela. Bist du zuhause?"

„Kommt herein! Ich bin hier! So eine Überraschung und Ehre", antwortet eine sanfte dunkle Stimme. Bandele.

„Willkommen! Ich habe euch lange nicht gesehen! Ich hoffe, ihr bringt gute Nachrichten?"

Sie treten ein, Bandele arbeitet an ihrem breiten Webstuhl, ein Stück Stoff in Erdfarben ist darauf gespannt. Sie webt am traditionellen Frauenwebrahmen, der breit und vertikal gebaut ist, nicht schmal wie der horizontale der Männer.

„Wie geht es euch?", fragt Mama Keffi. „Sind die Kinder nicht hier? Und dein Mann?"

„Meine Schwester passt auf die Kinder auf, mein Mann hat sie hingebracht! Sie machen so viel Arbeit. Ich bin wieder schwanger und es geht mir nicht gut. Ich brauche ein bisschen Ruhe, ich habe so viel zu tun mit der ganzen Arbeit hier!" Sie macht eine Handbewegung und deutet in den Raum. Die Schwangerschaft ist deutlich zu sehen, sie bewegt sich langsam.

Auf einfachen Regalen an der Wand stapeln sich Stoffballen in den unterschiedlichsten Pflanzenfarben. Daneben liegen Schals, dann Tücher, mit denen Babies auf dem Rücken getragen werden, Stoffe für Kopfbedeckungen, Streifen, die zusammengewickelt die Tabletts stützen, die auf dem Kopf getragen werden, um Waren zu transportieren.

Unglaublich, wie viel sie hier aufbewahrt!, geht es Adela durch den Kopf. Sie schaut bewundernd auf die Waren.

Der scharfe Geruch der Indigofarbe hängt in der Luft.

„Wie schön, euch zu sehen! Setzt euch!", fordert Bandele die Besucherinnen auf.

Mama Keffi stellt Adela vor, die ehrfürchtig einen Knicks macht. *Diese Frau ist sehr begabt. Ich wünschte, ich könnte auch so schöne Dinge herstellen.*

„Dein Lager wächst und wächst!", bewundert Mama Keffi die Waren. Imade sagt gar nichts.

„Hast du Hilfe, oder machst du alles allein?"

„Allein, ganz selten hilft mir jemand, die Mädchen sind noch zu klein. Ich habe außerdem soviel zu tun mit dem Kochen."

„Mama Bandele, diese beiden Mädchen hier sind sehr gute Weberinnen. Imade kennst du ja schon. Adela ist erst seit kurzem in unserem Dorf."

Sie erzählt über Adela, was nötig ist.

„Eigentlich wollte ich vorschlagen, dass du ihnen noch ein bisschen zeigst, wie man die Webstühle baut und bespannt, aber wenn ich das hier so sehe ..." Sie wendet sich an die beiden: „Hier könntet ihr doch helfen, wenn ihr Zeit habt. Und noch viel lernen. Was meint ihr dazu?"

Sie nicken beide eifrig. Sie sind sich einig, das erste Mal.

„Die Farben sind so schön!", bemerkt Adela.

„Danke, ich liebe es, die Stoffe zu färben!", erwidert Bandele. „Dabei kann ich sehr gut Hilfe gebrauchen. Ihr könnt mir auch dabei helfen, die Fäden zusammenzuknoten, sie reißen doch so leicht, weil sie so empfindlich sind, wie ihr wisst. Das spart mir sehr viel Zeit. Was meint ihr? Euer Vorschlag ist mir sehr willkommen. Er kommt gerade richtig."

Sie steht auf und klatscht in die Hände und macht ein paar Tanzschritte nach rechts und links und singt dabei *e-e-he e-e-he-e!*

„Ich habe eine große aso-ebi[35]-Bestellung, die in sechs Wochen fertig sein soll."

„Ich helfe auch gern, die Fäden zusammenzuknoten,

für's Weben bin ich nicht so geeignet", erwidert Mama Keffi lachend.

„Du bist doch so geschickt!", wirft Mama Serafina ein.

„Nicht beim Weben, da fehlt mir die Geduld."

„Wann könnt ihr anfangen?"

Adela und Imade blicken fragend in die Runde.

„Wann dürfen wir?", fragen sie beide beinahe einstimmig.

Die Spannung scheint etwas nachgelassen zu haben. Mama Keffi schöpft Hoffnung. *Na geht doch, sie werden sich schon verstehen.*

„Wenn ihr morgen schon könnt, wäre das wunderbar!" Mama Bandele blickt fragend in die Runde.

Die beiden nicken eifrig. Mama Serafina ist erleichtert, dass es geklappt hat.

Sie verabschieden sich und gehen weiter zum Markt.

Höhere Mächte

„Imade, das ist so ein schönes Muster, das du gewebt hast. Ich bin beeindruckt.“

Imade hat Mama Keffi gar nicht kommen gehört. Schon den ganzen Vormittag webt sie. Sie will ihr Webstück noch fertigstellen, bevor sie bei Bandele beginnen kann.

„Wirklich? Das freut mich, ich habe so lange nicht mehr gewebt, aber man verlernt es nicht.“

„Ganz bestimmt nicht, Imade, du und Adela habt einen guten Geschmack, für Adela ist es eine gute Ablenkung. Ist sie schon gekommen?“

Adela, immer Adela, sie ist gar nicht wichtig für mich.

„Ich habe sie heute Morgen noch nicht gesehen“, *soll sie doch bleiben, wo auch immer sie ist,* „ich mache mir Sorgen um Afolabi, Mama Keffi, hast du auch gehört, dass die Fon einen neuen Angriff planen?“

„Nichts genaues, Imade, es wird so viel erzählt. Jeden Tag etwas Neues. Aber die Garde bewacht unser Dorf Tag und Nacht. Darauf können wir uns verlassen. Solche starken jungen Männer wie wir hat nicht jedes Dorf!“

„Worauf könnt ihr euch verlassen?“, fragt die tiefe Stimme von Baba Abiodun. Sie haben ihn nicht kommen gehört. Er steht an der Tür.

„Darf ich hereinkommen?“

Imade ist aufgestanden und hat vor ihm den Knicks gemacht, danach geht sie durch den langen Gang und hinaus in die Küche. Sie möchte die beiden nicht stören.

„Sei willkommen, Abiodun, guten Morgen“, grüßt ihn Mama Keffi. „Auf die Garde der jungen Männer.“ Sie schaut ihn nicht an, sondern stellt die Hocker nebeneinander an die Wand.

„Oludumare, stehe uns bei“, betet er, „da hast du wohl

recht, wenn sie nur nicht soviel an die Mädchen denken würden,“ fügt er hinzu mit einem Blick in die Richtung von Imade.

„Es sind junge Männer ... auch die Mädchen denken an sie!“ Sie lacht fröhlich.

Er wechselt das Thema und schaut Mama Keffi an:

„Meine Liebe, ich habe dich seit dem Besuch beim Baale gar nicht mehr gesehen. Ich vermisse dich. Es wird Zeit, dass wir uns allein unterhalten, meinst du nicht?“

Er tritt dicht an sie heran und hebt ihr Kinn ein wenig an. Seine Hand streift ihre Wange und fährt ihr dann sanft über die schönen Zöpfe, die aus ihrem Kopftuch herausschauen. Mama Keffi wird es warm, sie lächelt ihn an, ihre dunklen Augen blitzen wie Sterne. Obwohl nicht mehr jugendlich, geht eine Energie von ihr aus, die einen gefangen nimmt. Baba Abiodun lächelt auch. Seine warmen Hände streicheln ihre Arme und halten dann ihre Hände fest. Sie lässt es geschehen.

„Mama Keffi, du fehlst mir so sehr, ich möchte dich heiraten, bitte werde meine Frau. Wir haben nicht mehr so viel Zeit. Warum warten? Wozu? Wir gehören zusammen, ich kann mir ein Leben ohne dich nicht mehr vorstellen. Wir sind doch unabhängig und können tun, was wir wollen. Das Schicksal will es so. Es gibt keine andere Frau für mich in diesem Leben mehr, nur dich. Das weißt du doch.“

Imade hört seine Worte, sie lehnt draußen an der Mauer. *So ist das also, Baba Abiodun liebt Mama Keffi. Unglaublich, diese beiden. Was da wohl dahinter steckt? Eigentlich ist es genau richtig, denkt sie. Beide haben niemanden, es ist sowieso ungewöhnlich, dass es so was gibt. Sie hat sich schon lange gewundert. All die Kriege sind dafür verantwortlich. Aber Mama Keffi ist ja auch etwas Besonderes, sie ist nicht wie andere Frauen, trotzdem respektieren alle sie, weil sie jedem hilft, der Hilfe braucht. Und Baba Abiodun, er ist so ein einsamer Mensch, immer für sich, wie ein Einsiedler, aber freundlich zu allen. Und so klug. Sie passen zusammen.* Sie findet die Idee gut, wenn die beiden sich öffentlich zu ihrer Liebe bekennen würden.

„Wann hast du für mich Zeit, lange Zeit?" fährt er fort.

„Heute Nachmittag, jetzt habe ich noch hier zu tun!"

„Gut, ich komme, warte auf mich!"

Er geht, und Imade läuft schnell im Garten in die andere Richtung und geht dann zurück ins Haus. Sie setzt sich still wieder an den Webstuhl und überlässt Mama Keffi ihren Gedanken.

Mama Keffi schaut Baba Abiodun von der offenen Tür aus nach, wie er den Weg ins Dorf zurückgeht. Gedanken und Erinnerungen überfluten sie, was sie jahrelang in sich vergraben hat, will jetzt mit Gewalt an die Oberfläche. So wie ein Fluss in ein künstliches Flussbett gezwängt wurde und dann eines Tages übertreten muss, so kann sie ihre Gedanken nicht kontrollieren. Sie denkt, *es ist doch vorbei, vorbei, die Vergangenheit soll ruhen. Ich möchte jetzt ruhig leben.* Sie kann sich nicht ablenken. Sie ist aufgewühlt. Ein Vogelschwarm zieht durch den bewölkten Himmel. Die blauen Federn schimmern vor den grauen Wolken, die Tiere bilden ein breites V und fliegen in Richtung des Flusses.

Auch Baba Abiodun ist gedankenverloren, er steht an der Wegbiegung und schaut sich um. Er hatte die Hand zum Gruß erhoben, Mama Keffi hatte aber die Vögel am Himmel verfolgt. *Ich kann warten,* denkt er. Und wirklich, die unsichtbare Verbindung zwischen den beiden lebt, sie schaut zu ihm hin, hebt den Arm und erwidert den Gruß. Ein Schauer strömt durch ihren Körper, sie fühlt Gänsehaut. Trotz aller Vorbehalte fühlt sie so.

Wind ist aufgekommen. Sie geht ins Haus, ans Ende des Ganges, dort liegt ihr heiliges Zimmer, das nur sie betritt. Sie schiebt den Riegel zur Seite und tritt ein. Ein einfacher niedriger Tisch mit einem Hocker davor steht unter dem Fenster. Eine gewebte Decke liegt darauf, rechts und links warten kleine Öllämpchen darauf, angezündet zu werden. In der Mitte steht eine Kalebasse mit Wasser. Sie enthält verschiedene Steine. Andere Steine schmücken den Tisch. Ein Tuch liegt auf dem Hocker. Heute zündet sie die Öllämpchen nicht an.

Sie nimmt das Tuch, legt es sich locker um den Kopf, kniet neben dem Hocker, ihre Hände finden sich zum Gebet zusammen. Sie beginnt Oshun[36], die Göttin der Frauen, anzurufen.

„Oshun", murmelt sie, „komm zu mir mit deinem Wissen und deiner Kraft. Lass mich nicht allein mit dieser schweren Entscheidung, vor die ich nun gestellt bin. Alles kommt von dir, so hilf mir bitte auch, das Richtige zu tun. Du kennst mein Leben, du weißt alles, was geschehen ist. Du begleitest mich, seit ich bin, so verlasse mich auch jetzt nicht, wo ich Hilfe aus deinem Reich benötige."

Sie beugt ihren Kopf noch tiefer und verharrt schweigend eine Weile. Eine große Ruhe überkommt sie, die unruhigen Gedanken fallen ab von ihr. Sie verharrt lange, bis sie aufsteht, dann erhebt sie sich, legt das Tuch zurück, verlässt den Raum und verriegelt die Tür von außen.

Ein Neues Jahr

Das Jahr 1789 beginnt mit einer sternfunkelnden Nacht. Das Dorf Meko liegt in tiefem Schlaf. Ein Schakal heult in der Ferne, ein anderer antwortet. Ein unbegreifliches Ziehen in Adelas Seele antwortet diesen Tönen. Ihr Rücken schmerzt, wie sie sich auch wendet, nach einer Weile tut jede Stelle an ihrem Körper weh. Die Schwangerschaft ist ihr nun anzumerken. Sie hat zu vielem Tuscheln und heimlichen Vermutungen im Dorf geführt. Sie hat es deutlich gemerkt, auch die Blicke, die ihr folgten, wenn sie zu Mama Bandele durchs Dorf ging, um zu weben.

Imade und Adela haben sich arrangiert – sie versuchen, miteinander auszukommen. Sie helfen Bandele beim Weben, wenn sie Zeit haben neben ihren anderen Pflichten. Mama Keffi, die immer alles merkt, hat ihr ins Gewissen geredet mit dem Hinweis auf Adelas schweres Schicksal und ihre Schwangerschaft. Imade ist so neidisch auf Adela, dass sie ein Kind erwartet. Bei ihr hat es noch nicht geklappt, so gern sie Afolabi fester an sich binden würde. Adela tröstet sie sogar ein wenig und betet für sie zu Osun. Sie vertraut Imade nicht wirklich, aber sie hat keine andere Wahl, als mit ihr auszukommen. Sie könnte ihr nie so viel bedeuten wie Nike. Aber sie lernt auch von ihr, erfährt so manches über das Dorfleben, wenn Imade Lust zu reden hat.

Sie traut niemandem hier, außer Mama Serafina und Baba Oluwole und natürlich Mama Keffi. Sie sind ihr gut gesonnen. Obwohl Mama Keffi vielen Kranken hilft, sogar Patienten besucht, die nicht kommen können, kümmert sie sich liebevoll um Adela.

Adelas Gedanken kreisen unablässig um Olufemi. Ihr Leben ist von ihm in einer Weise beeinflusst, die sie nicht steuern kann. Nie tut sie etwas, ohne mit ihm Zwiesprache zu halten. Sie sind verbunden, daran glaubt sie fest, sie weiß es ganz tief innen. Sie hält sich an dem Gedanken fest, dass er eines Tages einfach vor ihr stehen wird.

Er ist ihr näher als ihre Eltern und Geschwister. Bis jetzt hat sie von niemanden eine Nachricht erhalten, die sie betrafen. Mehr noch, keiner, den sie aus Iwoye kennt, war hierher gekommen. Es ist bei den Nachrichten geblieben, die sie letztes Jahr über die Zerstörung des Dorfes gehört hatten. Die Gedanken, wie ihr Leben weitergehen sollte, quälten sie. *Wie kann ich es hier in diesem fremden Dorf beschließen und kann ich es überhaupt? Eledumare allein weiß es. Oh, Eledumare, hilf mir, ruhig zu sein,* betet sie. Im Gebet ist sie ruhig. Es ist ihre Medizin.

Sie denkt an Imade und Afolabi. Sie haben sich verlobt. Afolabi hat Imade überzeugt, auch wenn er der Dorfgarde angehört, er hatte nicht locker gelassen, um Imade zu werben.

Wie glücklich kann Imade sein, denkt Adela, *sie hat ihren Liebsten bei sich, sie weiß wo er ist.*

Afolabe hatte nicht aufgehört, um Imade zu werben.

„Was bedeutet es schon, dass ich das Dorf bewache? Andere, die dies tun, sind auch verheiratet!", ist seine Überzeugung. Am Ende war es ihm gelungen, Imade zu gewinnen. Afolabis Eltern freuen sich, dass er eine praktische und fleißige Frau ausgesucht hatte, wenn sie auch ein wenig naseweis ist. *Das wird man ihr schon abgewöhnen,* denkt sich Afolabis Mutter. Dass sie eine Waise ist, darüber können sie mit der Zeit hinwegsehen. Vieles ist jetzt anders als früher. Die Welt ist in Aufruhr. Sie hat von Mama Keffi eine gute Erziehung erhalten. Imade webt an ihren Bettdecken und fertigt auch Kleidungsstücke an, die sie im Alltag tragen wird. Afolabi hat ihr ein wunder-

bares Kleid geschenkt, das seine Mutter aus goldfarben-
durchwirktem Adire genäht hat. Mama Keffi hat Imade
geraten, seiner Werbung zu folgen.

„Er ist ein guter Junge“, hat sie gesagt, „du weißt doch,
wie Männer sind, sie schauen immer gern mal in andere
Augen, aber das bedeutet nichts. In diesen Zeiten ist es
gut, wenn man einen Mann trifft, der zuverlässig ist.“

Dass dies auf ihn zutrifft, hat Afolabi gezeigt, mit
seiner hartnäckigen Werbung. Er hält zu Imade, andere
Mädchen interessierten ihn nicht.

„Komm, Imade, komm, vertrau mir“, flüstert er ihr
immer wieder und wieder ein. Längst hat er ihr Herz gewonnen, aber es war besser, noch ein wenig zu zögern. Er
soll nicht denken, dass sie leicht zu haben ist.

Afolabi will Imade besuchen, weil er es nicht mehr aushalten kann, ohne sie zu sein. Sein Kommandeur hat ihm
den halben Tag frei gegeben. Er trifft Imade an, als sie an
einem Stück roten Stoff webt.

„Wo sind Mama Keffi und Adela?“, fragt er sie.

„Mama Keffi ist bei Baba Abiodun und Adela ist nach
Hause gegangen. Sie hat Rückenschmerzen. Kein Wunder, wir weben schon so lange an diesem Stück.“

„Ihr seid wahre Künstlerinnen mit eurem Weben geworden“, sagt Afolabi anerkennend. „Vernachlässige unsere Hochzeitskleider nicht!“, mahnt er und lächelt dabei.

Er setzt sich in die Hocke, so ist er auf Augenhöhe
mit ihr. Sie sitzt auf dem niedrigen Webschemel. Er beginnt, ihre Arme zu streicheln. Blickt ihr tief in die Augen. „Imade, ich bin von dir besessen, ich denke an dich,
Tag und Nacht, geht es dir nicht auch so?“

*Es geht ihn gar nichts an, er wird nur noch eingebildeter,
wenn ich ihm meine Gefühle zeige. Auch wenn wir verlobt*

sind. Männer müssen nicht alles wissen.

„Geh, Afolabi, lass mich weitermachen, bitte." Sie schiebt ihn sachte von sich.

Das wird ihn nur noch heißer machen.

„Imade, bitte, wir sind allein, komm!" Er beginnt, ihr Gesicht zu streicheln und ihre Hände von dem Webstuhl wegzuziehen.

„Lass mich, ich habe noch so viel zu tun, das siehst du doch! Hast du nicht gerade gesagt, dass ich unsere Kleider nicht vernachlässige soll?" Sie lacht vergnügt, *so, da habe ich es ihm gegeben!*

„Ihr Frauen findet doch immer Ausreden! Gut, wenn du nicht willst, ich komme wieder!"

„Bald!", erwidert sie lachend, steht auf, umarmt ihn und schiebt ihn dann sanft auf den Weg zur Tür.

Das war ein kurzer Besuch, wenigstens habe ich Imade gesehen. Damit verlässt er das Haus und geht zu seinen Eltern. Immerhin hat er ja den ganzen Tag frei.

Baba Abiodun hat begonnen, ein neues Haus auf seinem Grundstück bauen zu lassen. Dort werden auch zwei Zimmer eingeplant. Eines für die Lagerung von Mama Keffis Heilmitteln. In dem anderen Zimmer kann sie ihre Patienten und Ratsuchenden empfangen.

Die Entscheidung von beiden, zusammenzuziehen hat zu sehr viel Erstaunen und großer Freude im Dorf geführt. Da waren die Richtigen zusammengekommen. Die Götter hatten endlich zusammengeführt, was zusammengehört. Mama Keffi wusste, dass die Göttin Oshun sie erhört hatte.

Eines Nachts hört sie, wie Oshun zu ihr spricht, erst glaubte sie, sie träumt, aber nein, es ist kein Traum. Am Ende ihres Zimmers sieht sie deutlich die Umrisse einer

Frauengestalt, gehüllt in ein goldenes Strahlengespinst, das Gesicht verborgen. Deutlich hört sie Oshuns Worte:

Oh, lass mich dich mit Schönheit beglücken,
damit deine Augen vor Freude tanzen,
lass mich dich mit Düften verführen,
damit deine Nase Lust einatmet,
lass mich deinen Geschmack reizen,
bis deine Zunge bebt,
lass mich dich mit Tönen verwöhnen,
die deine Ohren zum Singen bringen.
Lass mich deinen Körper berühren
mit der Musik eines Wasserfalls,
und deine Schönheit veredeln
mit goldenem Schmuck, mit Honig und Parfum.
Erst wenn du alles erlebt hast,
wenn all deine Sinne sich im Spiel erfreut haben,
erst, wenn dein Geist, der von den Sternen kommt,
und dein Körper, der von der Erde ist,
in Glückseligkeit verbunden sind,
wirst du wissen, was Sinnlichkeit ist! [37]

Dies hat Mama Keffi als deutliche Aufforderung gesehen, Baba Abiodun nicht länger zu widerstehen, sondern seinen Vorschlägen zu folgen und eine Zukunft mit ihm zu planen, solange sie beide noch stark und gesund ihre Aufgaben ausführen können.

Im Garten

Ire aka rio o![38], rufen die Vorbeigehenden, und die Antwort „oh“ erschallt aus dem Garten zurück. Mama Serafina und Adela sitzen am Tisch und entfernen welke Blätter vom Spinatgemüse. Sie haben es vorhin im Garten gepflückt. Es hat lange nicht geregnet, also ist es besser, das Gemüse zu ernten, bevor es ganz vertrocknet. Baba Oluwole hat es sich gewünscht, er liebt Fisch mit Pfeffersoße und Spinat dazu. Mama Serafina will einen großen Topf voll kochen – heute ist ein Tag, wo jederzeit Gäste vorbeikommen können, die ganze Woche ist festlich. Zum Jahreswechsel sind viele Menschen unterwegs, sie besuchen sich gegenseitig, bleiben eine Weile, trinken und feiern. Auch die verkleideten Dorfbewohner, die mit ihren Masken und Kostümen, Tieren und auch Menschen, die schon im Totenreich weilen, die Ahnen, darstellen, sind unterwegs. Vor manchen muss man sich fürchten und die Frauen müssen im Haus bleiben, stundenlang, bis die Masken vorbeigezogen sind. Mit anderen kann man sogar einige Worte wechseln. Das ist hier nicht anders als in Iwoye. Sie sind Adela unheimlich, schon von Kindheit an war das so, und sie passt die ganze Zeit auf, damit sie rechtzeitig ins Haus verschwinden kann, um sich zu verstecken. Mit manchen dieser Erscheinungen ist nicht zu spaßen.

Der einzige Lehrer des Dorfes, Musa, ist es, der die Grüße gerufen hat. Er nähert sich den Frauen. Jetzt steht er vor ihnen und verbeugt sich.

„Ich sehe, ihr habt viel zu tun“, bemerkt er, „ich will euch nicht stören. Ich bin auf dem Weg zu meinen Eltern, sie erwarten mich heute.“

„Dann grüße sie bitte auch von uns“, erwidert Mama Serafina. „Möchtest du eine Erfrischung, wir haben Zitronenwasser, das tut gut bei der Hitze.“

„Gern“, antwortet Musa und wartet, bis Mama Serafina ihm die Limonade reicht. Er trinkt sie in kleinen

Schlucken. „Danke", verbeugt er sich, „ich mache mich wieder auf den Weg."

Als er nicht mehr zu sehen ist, meint Mama Serafina: „Adela, Musa ist ein netter junger Mann, findest du nicht? Er interessiert sich eindeutig für dich."

Adela seufzt. „Ich weiß", erwidert sie, „ich habe es gemerkt. Es tut mir leid, ich habe ihm schon zu verstehen gegeben, dass ich kein Interesse habe. Mama Serafina, du weißt doch, ich kann den Vater meines Kindes nicht vergessen. Ich denke immer an ihn. Meine Eltern waren gegen unsere Liebe, sie hatten die Verhandlungen mit den Eltern eines Mannes aufgenommen, den ich heiraten sollte. Es war derselbe Mann, der bei Mama Keffi damals in den Bergen gestorben ist, weißt du noch, sie hat es erzählt, als wir zusammensaßen, nachdem sie ins Dorf gekommen ist. Wir flohen aus dem Dorf, einen Tag bevor unsere Eltern sich treffen wollten, um die Verhandlungen über mich zu beginnen. Dieser Mann musste auch Soldat werden. Ich wollte ihn nicht heiraten. Ich wundere mich auch, dass es Lehrer Musa nicht zu stören scheint, dass ich schwanger bin. Man sieht es doch jetzt. Ich hoffe darauf, dass ich meinen Geliebten wiedertreffe, ich weiß, er lebt, ich bin mir sicher."

Sie denkt an ihre Träume und die nächtlichen Besuche von Femi. Sie bleiben ihr Geheimnis.

Mama Serafina hat ihre Hand ausgestreckt und sie auf Adelas Arm gelegt. „Mein Kind", sagt sie, „zu gern würde ich dir diese traurigen Gedanken wegnehmen. Manches vergisst man nicht. Ich war auch schwanger von einem wundervollen Mann, den ich heiraten wollte. Es war alles schon fertig verhandelt. Er ist dann ganz schnell an Fieber gestorben. Ich habe kurz danach mein Kind verloren. Es wäre ein Junge gewesen. Ein Jahr später habe ich dann Baba Oluwole geheiratet, er war so mitfühlend und verständnisvoll, wie es nur wenige Männer sind. Schau, da kommt er!", fügt sie hinzu und winkt ihm.

Adela seufzt.

„Es wird jeden Tag heißer, Mama Serafina. Fühle ich es nur als so unerträglich, oder empfindest Du es auch als so drückend?"

„Ja, Kind, es ist sehr heiß. Der Harmattan in diesem Jahr ist so intensiv. Dass es für dich jeden Tag beschwerlicher wird, sehe ich doch."

„Ja, das Kind bewegt sich so viel, es tut so weh, wenn es so stößt."

„Es ist bestimmt ein schönes, kräftiges Kind. Es wird bald kommen, Adela."

„Ich glaube auch. Ich habe oft solche Krämpfe und mein Bauch zieht sich innen zusammen. Dann wird er so hart."

„Das sind die Anzeichen."

„Ich habe Angst, Mama Serafina. Ich habe es Mama Keffi schon gesagt, sie hat meinen Bauch abgetastet. Sie sagt, ich soll keine Angst haben, sie wird mir helfen. Aber was ist, wenn sie nicht da ist?"

„Adela, so schnell kommt kein Kind, sie wohnt ja nicht so weit weg."

„Ich mache euch so viel Arbeit und Ungelegenheiten. Es tut mir so leid. Sicher reden die Leute über mich, die Fremde."

„Die Leute reden doch immer. Sie müssen reden, es liegt in ihrer Natur."

„Du bist so lieb, Mama Serafina, ich weiß nicht, wie ich dir danken soll."

„Du sollst mir nicht danken, es ist gut so, wie es ist."
Sie steht auf.

„Baba Oluwole wartet auf mich. Lass mich gehen und nach der Fischsuppe schauen!"

Segnungen

„So soll es denn sein, dass du, Mama Keffi, und du, Baba Abiodun, jetzt in Liebe und Eledumares Willen vereint werdet. Was Eledumare zusammenfügt, können wir Menschen nicht scheiden. Nur Gott hat euch zusammengefügt, nach all den Umwegen, die ihr Menschen gegangen sein. Heute ist der Tag für euch gekommen.“

Mama Keffi kniet an Baba Abioduns Seite, sie fühlt, wie eine Leichtigkeit, ein unwirkliches Gefühl sich in ihr ausbreitet. Um sie scheint es hell zu werden, der schattige Raum leuchtet, es ist, als ob eine unsichtbare Sonne sie umhüllt. Baba Abioduns warme, feste Hand hält ihre umfasst, sein Daumen streichelt sie zärtlich. Sie tragen beide Kleider aus gleichen Stoffen, beige-braun-goldfarben gewebte Aso-Oke Stoffe. Adela und Imade haben geholfen, die Stoffe zu weben.

„So erhebt euch jetzt“, fährt der Baale fort, lächelt die beiden an und schaut zu, wie Baba Abiodun Mama Keffi beim Aufstehen unterstützt. Ihr Kopfschmuck, türkis und braun gewebt, mit kupferfarbenen Streifen durchsetzt, schmückt ihren Kopf wie eine Krone, Baba Abiodun trägt eine Abeti Aja[39] Kappe aus dem selben Stoff.

„Nun geht mit dem Segen Eledumares“, zwinkert der Baale, gerührt beim Anblick des Glücks dieser beiden.

Da öffnet sich die Tür. Herein kommen vier der Diener des Baale, sie verbeugen sich und werfen sich dann vor ihm nieder und nähern sich kriechend, „Kabiesi, Kabiesi“[40] murmeln sie dabei.

„Erhebt euch, an einem Tag wie heute muss niemand auf dem Boden kriechen!“, spricht der Baale und sie erheben sich, verbeugen sich dankend.

„Draußen haben sich so viele versammelt, die alle das Brautpaar grüßen wollen“, teilen sie mit.

Mama Keffi und Baba Abiodun schauen sich an. Die Geheimhaltung der letzten Wochen hat also nichts bewirkt. Wie denn auch, es war doch zu auffällig, wie sie beide nach neuen Stoffen Ausschau hielten, zwar jeder für sich, aber dies ließ auf kommende Ereignisse schließen. In einem Dorf bleibt eben nichts geheim. Sie treten aus der Tür und werden begrüßt von ihren Freunden Mama Serafina und Baba Oluwole, mit Adela stehen sie vorn, und viele andere Dorfbewohner kommen, knien vor ihrem verehrten Heiler und küssen seine Hand, auch Mama Keffi begrüßen sie ehrerbietig. Sie hat schon vielen geholfen, besonders Frauen.

Eine Gruppe Frauen beginnt jetzt zu tanzen, Trommler spielen, die hellen und dunklen Töne der dun-dun[41] erfüllen die Luft, Kinder schlagen Rad. Die tanzenden Frauen bewegen sich schlangengleich, ihre Arme und Hände zeichnen Figuren in die Luft zu den Trommeltönen, die Beine bewegen sich schnell und dann wieder langsam, ganz wie der Takt es vorgibt. Sie umringen das Brautpaar, tanzen um es herum und rufen Glückwünsche. Nun tragen Frauen aus dem Haushalt des Baale Kalebassen herbei und verteilen sie auf Tischen. Der frische Palmwein wird sie alle stärken, das Brautpaar, die Musiker, die Tänzerinnen, die Gäste, alle werden den Wein trinken und das Brautpaar und sich gegenseitig segnen. So ein spektakuläres Brautpaar hat das Dorf lange nicht gesehen.

Wo ist Imade, fährt es Mama Keffi durch den Kopf. Ihr Blick trifft den Adelas und sie formt mit den Lippen das Wort Imade. Adela versteht und zuckt mit den Schultern. Sie blickt sich um, da kommt Imade, sie trägt ein großes Bündel unter dem Arm. Sie geht zu Adela, die beiden treten vor, knien vor Mama Keffi nieder und überreichen ihr das Bündel mit den Worten:

„Unser Dank an dich, Mama Keffi, du bist unersetzlich in diesem Dorf. Wir sind stolz und glücklich, mit dir verbunden zu sein. Du bist unsere Stärke im Geist, durch dich haben wir viel Neues gelernt und erfahren, und deine Liebe hat uns umarmt.“

Tränen füllen Mama Keffis Augen, als sie das große Stück Stoff, das beide gewebt haben, in Empfang nimmt. Rot ist es, helles und dunkles rot, silberfarbene Fäden trennen die Schattierungen, es ist so fein, die gewebten Streifen sind fast unsichtbar zusammengenäht, es ist ein Kunstwerk.

„Aber woher wusstet ihr?“, fragt sie.

Die beiden lächeln. „Wir wussten, dieser Tag wird kommen, das war doch abzusehen.“

Sie gratulieren Baba Abiodun und stellen sich dann etwas abseits. Die störrische, spröde Imade und zurückhaltende Adela haben sich ausgesöhnt. Ihre Unterschiedlichkeiten haben sie in diesem Tuch für ihre geistige Führerin Mama Keffi zusammengeführt. Es hat ihnen geholfen, sich gegenseitig anzunähern und Verständnis aufzubringen für das, was sie trennt. Und zu erkennen, was sie vereint.

Sie setzen sich mit Mama Serafina und Baba Oluwole zusammen, Afolabi ist nicht da, er hält Wache. Gerade bei Festlichkeiten ist es so wichtig, die Sicherheit sogar zu verdoppeln.

„Sie hat sich gefreut, was meinst du?“, fragt Imade Adela.

„Oh doch, das konnte man deutlich sehen. Ich bin froh, dass wir es alles gut geschafft haben und auch so, dass sie es nicht gemerkt hat. Das war gar nicht so leicht. Wir waren wirklich sehr fleißig.“

„Das habt ihr sehr schön gemacht, ihr seid echte Künstlerinnen, wer hätte das gedacht?“ Mit diesen Worten gesellt sich Mama Serafina zu den beiden. „Auf dem Markt habe ich schon gehört, wie Frauen gesagt haben, sie würden auch gern mal ein Tuch von euch gewebt bekommen. Hat euch schon mal eine Frau aufgesucht?“

„Nein, nicht wenn ich am Webstuhl war, und Mama Keffi hat mir nichts gesagt. Mir macht es so viel Spaß, aber in letzter Zeit tut mir mein Rücken so weh.“

„Das ist immer so, Adela, du musst es noch eine Weile aushalten. Bald ist es vorbei.“

Adela seufzt. „Was machen wir denn jetzt?“ fragt sie.

„Wir lassen die beiden jetzt noch ein wenig beim Baale, sie werden dann nach Hause gehen. Eine Feier ist nicht vorgesehen, sie wollten ja alles ganz für sich haben. Aber so ganz für sich geht es eben nicht in einem Dorf wie diesem. Sie freuen sich auch, dass so viele gekommen sind“, antwortet Mama Serafina.

Imade fühlt an diesem Freudentag eine gewisse Traurigkeit. *Was jetzt wohl wird, ob Mama Keffi bald auszieht? Sie wird nicht mehr lange in ihrem Haus bleiben, denn Baba Abiodun hat ja seines schon vergrößert.* Mama Keffi hat noch nichts zu ihr gesagt. Sie hofft so sehr, dass sie bei ihr bleiben kann, vielleicht kann sie mit in das neue Haus. Sie will nicht fragen, das verbietet der Respekt.

Mama Serafina hat sich wieder Baba Oluwole zugewandt, sie lachen und scherzen alle mit dem Brautpaar. Adela sieht zu.

„Imade, bleibst du noch länger?“, wendet sie sich an Imade. „Ich möchte gern gehen und mich ausruhen. Könntest du mit mir kommen? Der Lehrer schaut immer zu uns her, er wird bestimmt gleich kommen, um mit uns zu reden. Ich möchte nicht gern mit ihm gehen. Er sucht immer meine Gesellschaft.“

„Magst du ihn nicht, Adela? Er ist doch ganz nett.“

„Ja, schon, aber ich bin nicht interessiert. Er will mich treffen, er kommt sogar zu uns. Das stört mich.“ Adela zieht an ihrem Wickelrock und ihrer Bluse, es ist jetzt so heiß, dass sie fühlt, wie ihr der Schweiß den Rücken entlang läuft. Es ist alles so anstrengend.

Da hört sie schon Lehrer Musas Stimme: „Geht es Ihnen nicht gut?“

Sie schwankt ein wenig, und schnell hält er sie am Arm fest, Imade nimmt ihren anderen Arm.

„Es geht schon“, sagt sie, „danke“.

„Ich werde Sie nach Hause bringen!“, kommen schon die gefürchteten Worte von Lehrer Musa.

„Ich komme auch mit“, fügt Imade schnell hinzu und lächelt. „Ich sage kurz den anderen Bescheid und komme gleich zurück.“

Sie geht zu der lachenden Gruppe hinüber.

Oh, Eledumare und Osun, steht mir bei, betet Adela, *lasst mich nicht allein. Oh, Mama, Nike, wenn ihr mich so sehen würdet. Oh, meine Ahnen, bitte, seid an meiner Seite.*

„Komm, Adela, wir können gehen“, sagt Imade. Sie ist wieder zurück. Sie hakt Adela unter.

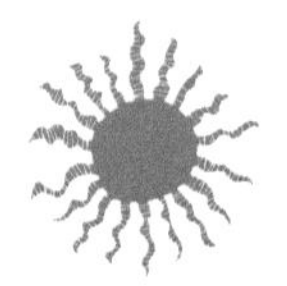

Pläne

Mama Serafina steht neben Baba Oluwole. So langsam zerstreuen sich die Zaungäste. Das Brautpaar sitzt neben dem Baale und seiner Frau, seine beiden anderen Frauen und mehrere junge Mädchen organisieren das Ausschenken der Getränke und Verteilen der Speisen.

„Ein wunderbarer Tag", stellt der Baale fest und lächelt zufrieden. „Wie sieht es aus, könnt ihr dein Haus beziehen?", wendet er sich an Baba Abiodun.

„In ein paar Tagen wird es so weit sein, dann ist der Anbau fertig. Im Wohnzimmer können wir Gäste empfangen. Und Platz zum Schlafen haben wir auch."

„Was wird aus deinem Haus, Mama Keffi?", fragt der Baale.

„Ich möchte es als Webwerkstatt einrichten, die beiden Mädchen arbeiten so wunderbare Dinge darin, wir können es ausbauen. Wenn Adela bald niederkommt, wird sie nicht mehr soviel Zeit haben. Dann suchen wir ein Mädchen, die mit Imade weitermacht unter der Anleitung von ihr und Adela. Und meine Kräuter kann ich dort auch aufbewahren. Ich stelle mir vor, dass es ein Treffpunkt werden kann für Frauen, die dort behandelt werden und sich an schönen Dingen erfreuen können."

„Und was ist mit Imade?"

„Oh, ich möchte sie gern mitnehmen, ich habe sie noch nicht gefragt, ob sie weiter bei mir arbeiten möchte. Du weißt doch, auch sie hat große Pläne!"

Der Baale nickt. „Ja, wir werden sehen. Noch habe ich nichts von einem Datum gehört. Dein Plan ist wunderbar, Mama Keffi, sehr erfinderisch, so etwas hat es in diesem Dorf noch nicht gegeben. Ich bin stolz auf die tüchtigen Frauen, die hier wohnen. Du hast eine ganz besondere Ehefrau, mein Freund Abiodun, möget ihr lange glücklich sein. Und Adela, so ein tapferes Mädchen ist sie, das ist sehr ungewöhnlich. Unser Lehrer ist sehr an ihr interessiert.“

„Sie aber nicht an ihm“, wirft Mama Serafina ein. „Adela denkt an jemand ganz anderen. Sie spricht nicht darüber, ich weiß es aber. Sie hat ein schweres Schicksal. Es ist gut, dass unser Dorf so abgelegen liegt, trotzdem, ich schlafe nicht mehr so fest wie früher.“

„Das ist auch besser so“, wirft Mama Keffi ein, „jederzeit kann ein Krieg ausbrechen. Niemand ist sicher. Möge Eledumare uns beschützen.“

„Aber lass uns heute nicht von traurigen Dingen sprechen“, wirft Mama Serafina wieder ein. Sie wollte von den Sorgen nicht anfangen, es ist ihr so herausgerutscht, und nun will sie ablenken. „Es ist euer Tag, wir denken an Schönes.“

„Ein wahres Wort“, erwidert der Baale.

Baba Oluwole erhebt sich. „Lass uns gehen, es ist Zeit.“

Alle stehen auf. Die Frauen und Männer umarmen sich. Wolken sind vor die Sonne gezogen, ein leichter Wind hat sich erhoben.

Mama Keffi und Baba Abiodun erheben die Hand zum Abschiedsgruß. Sie lächeln glücklich.

„Geht es auch, Adela, wie fühlst du dich?", fragt Imade.

„Es geht schon, ich möchte sogar noch einen kleinen Umweg machen."

„Wohin denn?"

„Zum Fluss hinunter, da ist es ein wenig kühler, ich möchte den Wind fühlen, der dort durch die Bäume streicht. Den Platz sehen, an dem ich zum ersten Mal in euer Dorf stolperte nach meinem langen Lauf."

„Ich komme mit, du wirst nicht allein zum Fluss gehen."

Wie aus dem Nichts steht Tura plötzlich wedelnd vor Adela und springt an ihr hoch.

„Lass, Tura, woher kommst du plötzlich?", ruft sie erstaunt.

Sie wendet sich an Imade. „Tura ist so einzigartig. Als ob sie spürt, dass ich mich ein bisschen schwach fühle!"

Sie beugt sich zu Tura herunter und umarmt sie.

Musa blickt erstaunt auf die beiden. So etwas hat er noch nie gesehen. Ein Hund, der so wie ein Mensch behandelt wird.

Imade kennt Tura schon, so oft leistet sie den Mädchen Gesellschaft, wenn sie weben. Sie hat keine Angst mehr, Musa dagegen hebt die Augenbrauen, er schaut Adela fragend an.

„Tura ist wie eine Freundin, sie hält immer zu mir, sie hat alles mit mir erlebt, was in den letzten Monaten geschehen ist, sie ist wie ein Lamm – so friedlich, so ruhig." Sie streichelt Turas Kopf.

Sie ist daran gewöhnt, wie andere sich verhalten, wenn sie mit Tura so unbefangen umgeht. Es kümmert sie nicht. Verständnislos erleben Fremde Adela und Tura. *Was sind schon Hunde?,* herrscht die allgemeine Einstellung zu ihnen. Hunde werden geopfert, besonders dem

Gott Ogun, der mit allem zu tun hat, was aus Metall ist. Schmiede, Bauern, Werkzeugmacher und Farmer benutzen alle Metall. Jeder kleine Hund, der ihnen in die Hand fällt, ist willkommen als Opfer. Oder sie essen sie ... Adelas Hündin dulden sie, verstehen können sie Adela nicht.

„Wir kommen beide mit", bemerkt Musa. „Ich lasse euch bestimmt nicht allein zum Fluss gehen."

„Danke", antwortet Adela, so gebietet es die Höflichkeit, sie möchte viel lieber alleine mit Imade gehen. Ihre Beine sind so schwer, ihr Körper ist eine Last geworden, trotzdem – sie möchte sich bewegen, wenn auch langsam. Sie gehen den Weg zu Mama Serafinas Haus, von dort ist es nicht mehr weit zum Fluss. Ein recht breiter Pfad aus roter Erde führt hin. An beiden Seiten ist das Gras kurz geschnitten, diesen Weg geht auch Baba Oluwole, wenn er Fische fangen will.

Tura läuft der kleinen Gruppe voraus.

Näher am Fluss wachsen hohe Bäume, die Schatten spenden. Das Wasser glitzert hier und da durch tief hängende Zweige. Tura hat längst davon getrunken. Adela bleibt stehen und atmet tief ein und aus, der Anblick allein spendet ein kühleres Gefühl. Sie erinnert sich an die Szene in ihrem Dorf mit Femi am Fluss, wieder sieht sie vor ihrem inneren Auge, wie die Orangen das Ufer herunterrollen und wie er ihr eine nach der anderen zuwirft. Sie möchte weinen, so sehr überkommt sie die Erinnerung. *Oh, wenn doch Femi bei mir wäre! Wo er wohl ist? Wenn er mich so sehen könnte.*

Langsam zieht das Wasser dahin, ruhig.

„Ich habe auch Durst", bemerkt Adela, sie reißt ein großes Blatt ab, um daraus einen Trinkbecher zu wickeln.

„Gib es mir, ich hole dir das Wasser", sagt Musa, „es ist zu beschwerlich für dich."

Dankbar hält sie ihm den Blattbecher hin. Er ist doch für etwas gut. Sie fühlt sich schuldig, dass sie so ablehnend ist. Es stimmt, sich jetzt zu bücken ist schwierig geworden. Plötzlich ist sie dankbar dafür, dass beide Freunde bei ihr sind. Sie trinkt das saubere Wasser in kleinen Schlucken. Auch Imade und Musa trinken und holen noch mehr. Aufmerksam blickt Adela um sich. Wie ruhig es hier ist. Das Grün des Waldes und das dunkle Silber des schimmernden Wassers tun den Augen gut.

„Lass uns ein wenig hier sitzen bleiben", bittet sie.

„Warum nicht, komm, du kannst hier auf dem Stein sitzen, er ist wie für dich gemacht."

Musa prüft mit einem Stock, ob sich keine Schlangen verstecken. Er schlägt auf den Stein und um den Stein herum auf den Boden. Für den Augenblick können sie sich unbesorgt niederlassen. Tura läuft schnuppernd umher, sie ist auch eine Hilfe. Ein Papagei schreit in der Nähe, am anderen Ufer bewegen sich die Baumwipfel, nun sehen sie es, es sind zwei Affenkinder, die sich dort vergnügen.

Ist das nicht eine Frauengestalt zwischen den Bäumen, so kommt es Adela vor, sie trägt ein grünglitzerndes Kleid, langes dunkles Haar umhüllt ihre Schultern, fällt kaskadenförmig über ihren Rücken.

„Adela, ich bin bei dir", hört sie eine Stimme, die Frau wendet sich um, aus der Ferne leuchten ihre dunkelgoldfarbenen strahlenden Augen wie Sterne.

„*Ich bin Oshun, die Hüterin der Schwangeren, vertrau mir.*" Adelas Herz klopft schneller, *Oshun zeigt sich mir,* es ist, als ob eine Melodie um sie herum ertönt, auf- und abschwellend, die Frau schlängelt sich durch die Bäume. Adela will Imade fragen, *siehst du auch Oshun da vorn,* als ein scharfer Schmerz sie durchfährt. Nein, sie selbst IST Schmerz. Sie stöhnt.

„Was hast du?" Imade hat es gehört. Adela will antworten, nur ein leises Röcheln stößt sie hervor, immer stärker wird der Schmerz, diesmal kann sie nicht anders als schreien. Sie hält sich an Imade fest. Schweiß steht ihr auf der Stirn und Oberlippe. Adela flüstert: „Ich verliere mein Wasser", und da sieht Imade schon den feuchten

Fleck, der sich auf Adelas Wickelrock ausbreitet. Sie hat zwei Tücher um sich gewickelt. Imade hilft ihr, eines auszubreiten, das andere behält sie an. *Ich schaffe es, ich schaffe es,* spricht Imade sich selbst Mut zu. Viele Geburten hat sie schon erlebt, jedoch noch nie allein einer Gebärenden geholfen.

Adelas Bauch bewegt sich bei jeder Wehe, Imade nimmt ihren Kopfputz und ihre Stola ab, breitet alles auf dem Gras aus und sie und Musa helfen Adela, sich hinzulegen.

„Bleib ruhig, Adela, wir sind bei dir, alles wird gut, ich helfe dir. Atme gleichmäßig ein und aus.“

Tura sitzt dabei und schaut zu.

Imade kniet neben ihr, massiert ihr den Rücken, spricht ihr Mut zu: „Bleib ruhig, es wird alles gut!“ Etwas leitet sie, gibt ihr die richtigen Handlungen ein, sie ist wie in Trance, weiß, was zu tun ist. Sie wischt Adela den Schweiß vom Gesicht mit ihrem Taschentuch.

„Es tut so weh“, stöhnt Adela. Es ist ihr, als ob eine große Hand sie zusammenpresst und gleichzeitig auseinanderreißen will. Es geschieht mit ihr, ob sie will oder nicht, sie muss jetzt den Tunnel des Schmerzes durchqueren, sie ist selbst Schmerz geworden. Sie gibt sich ihm hin. Etwas anderes, Größeres beherrscht ihren Körper. Sie lässt es geschehen, kann nicht anders.

„Das Kind kommt jetzt, Adela. Leg‘ dich bequem hin, spreize deine Beine ein wenig. Ich bin bei dir, hab‘ keine Angst!“

Sie schiebt den Rock etwas hoch.

„Es drückt so stark“, flüstert Adela.

„Ich sehe schon den Kopf, jetzt presse, warte – hier!“, tröstet Imade sie und legt ihr einen Zweig in den Mund, „beiß‘ darauf!“ Wieder hört Adela die Musik und Oshuns Stimme: *„Ich bin bei dir, Adela“.*

„Presse‘, presse!“, ruft Imade, „es kommt“.

Adela fühlt inmitten des Schmerzes ein Hochgefühl, als das Kind herausgleitet, vorsichtig zieht Imade den kleinen Kopf heraus, dreht die zarte Schulter ein wenig, und da ist er, der kleine Junge. Sein Schrei ist erst etwas kläglich, doch dann laut und kräftig. Sie zieht Adelas Wickelrock noch etwas auseinander, legt ihr das Kind auf die Brust und deckt ihn mit dem Stoff zu. Die Nabelschnur pulsiert.

„Ich hole Lianen!", mit diesen Worten geht Musa dem Ufer zu, schneidet die Lianen mit dem Messer, das er immer dabei hat, kommt zurück und schaut auf Mutter und Kind, Imade weint, Adela lächelt und schaut auf ihr Kind. Vorsichtig wickelt Musa die Lianen an zwei verschieden Stellen um die Nabelschnur und bindet sie ab, ruhig wartet er, später durchtrennt er vorsichtig das Stück der Nabelschnur zwischen den abgebundenen Teilen.

Adela blickt auf ihren Sohn, alles was sie denkt ist: *Ekundayo, Ekundayo, Tränen werden Freude sein, hier ist er Olufemi, dein Sohn, den du nicht sehen kannst.*

Es ist ihr, als ob sie Femis Stimme hört: *„Ich bin bei dir, Adela, meine Liebste, glaube mir, ich bin an deiner Seite und sehe dich und deine Freunde. Sie sind wunderbar, ich bin so froh, dass sie bei dir sind. Bald sehen wir uns, ich bin schon auf dem Weg, vertraue mir! Eledumare ist mit uns, wie er schon die ganze Zeit bei uns ist."*

Es ist ihr als ob er sie am Arm berührt und ihre Hand hält. Tura sitzt neben ihnen auf ihren Hinterbeinen und reicht Adela ihre Pfote. Adela lächelt. *Ich bin wach, es ist kein Traum, Femi hat mit mir gesprochen.*

Immer noch fühlt sie die Schmerzen, ihr Bauch ist weiter so hoch. „Es fängt wieder an, Imade, es drückt wieder so stark."

„Dann presse wieder, nochmal, es muss die Nachgeburt sein, bitte, sei noch einmal stark, dann ist es bestimmt vorbei!"

Imade streichelt sie und sieht, wie der Bauch sich bewegt. Es ist ihr, als ob noch ein Kind kommt, sie möchte nicht auf den Bauch drücken, wie es sonst gemacht wird wegen der Nachgeburt.

„Es kommt noch eines, Adela, ich sehe noch ein Köpf-
chen“! Sie zieht das zweite Kind heraus, ganz vorsichtig
und langsam, diesmal geht es ein wenig leichter.

„Taiwo und Kehinde“[42], sagt sie, „es sind Zwillinge.“
Und wie zur Antwort, beginnt auch Kehinde zu schreien,
laut und freudevoll, ihr Bruder Taiwo hat ihr ja mit seinem Schrei Bescheid gesagt, dass sie in diese Welt kommen kann.

Imade zieht ihren Unterrock aus, wickelt das Kind
hinein und legt es neben das andere.

„Es ist ein Mädchen, Adela, beide so schön und kräftig, schau das hübsche lange Haar.“

„Es ist ein Wunder, ein großes Wunder“, sagt Musa,
„du bist so eine tapfere Frau, du hast es großartig gemacht.“ Er nimmt neue Lianen, wartet noch ein wenig,
bis die Nabelschnur nicht mehr pulsiert, dann trennt er
sie auch von dem zweiten Kind ab.

„Danke“, flüstert Adela, „danke, ohne euch hätte ich
es nicht geschafft.“

„Eine Sturzgeburt“, fügt Imade hinzu, „unglaublich,
so plötzlich, sie wollten nicht länger in deinem Bauch
bleiben, es ist ihnen wohl zu eng geworden ist. Taiwo hat
Kehinde gesagt, *komm heraus, diese Welt ist gut.*“

Adela lächelt. „Taiwo heißt Ekundayo und Kehinde
soll Adedotun[43] heißen, wie meine Mutter. Imade, ich
bin dir so dankbar, du warst wie eine Schwester.“

„Etwas Schöneres hättest du nicht sagen können, Adela!“ Sie weint und fügt hinzu: „Nun sind wir unzertrennlich geworden.“

Aufbruch

In wenigen Wochen würde die Regenzeit beginnen. Jetzt, im April des Jahres 1789, ist es noch trocken am Tag. Doch nachts, da fallen die Regenwände stundenlang vom Himmel, die durstige Erde trinkt die Wassermassen. Am nächsten Morgen scheint es, als hätte es nie Regen gegeben.

„Wir sollten ziehen", teilt Olufemi seinem Freund mit, „es hat keinen Sinn, zu warten."

Segun nickt nur, es hat keinen Sinn, Olufemi zu widersprechen, und außerdem will er selbst zurück.

Tag und Nacht denkt Olufemi an nichts anderes als nach Iwoye zurückzukehren und Adela zu suchen. Seine Stimmen und Visionen haben ihm gezeigt, dass er nun Vater von Zwillingen geworden ist, und er hat wieder die Reise durch's Universum zu Adela erfahren. Er weiß, es geht ihr und seinen kräftigen und gesunden Kindern gut. Er vertraut darauf, dass das Schicksal ihn und Segun in die genaue Richtung begleitet. Segun kommt aus Ouidah, aus dem Süden von Dahomey, nicht sehr nah bei Ketu. Dass Adela jetzt in der Nähe von Ketu lebt, weiss Femi, nur nicht genau wo.

Vater Udoms Sohn Ita hilft den beiden mit Macheten, das wichtigste Ausrüstungsstück für die Reise. Seine Frau Ekaete hat ihnen große Stücke von Jutesäcken gegeben, daraus haben sie sich mit Holznadeln Taschen genäht, und Decken, mit denen sie sich einwickeln können, wo auch immer sie ein Nachtlager finden werden. Ikom wird häufig von Händlern aufgesucht, die ihre Waren in Jutesäcken transportieren.

Vater Udom macht sich große Sorgen um die beiden, aber er versteht nur zu gut, dass sie zurück wollen zu ihren Leuten. So hilft er ihnen bei den Vorbereitungen so gut er kann. Er hat ein großes Herz im Gegensatz zu vielen seiner Dorfgenossen. Er tut, was er für richtig hält und wozu sein Gott Abasi[44] ihn anleitet.

Nun ist es so weit. Femi und Segun fehlen die Worte, sie sind unaussprechlich dankbar für die Hilfe, die sie erfahren. Und sie wissen nur zu genau, dass sie wohl kaum ihren Retter wiedersehen werden, wenn sie ihre Gastgeber erst einmal verlassen haben. Sie haben Tränen in den Augen, als sie sich von Vater Udom, Ekaete und Ita verabschieden müssen. Sie umarmen sich, Vater Udom segnet sie und spricht Gebete, seine Frau Ekaete steht etwas entfernt, blickt zu Boden und schüttelt den Kopf. Niemand, der es nicht unbedingt wissen muss, hat von diesem Tag vorher erfahren. Bauen kann man auf wenige, Femi und Segun wissen, wohin sie gehen müssen um neue Begleiter zu finden, denen sie vertrauen können. Vater Udom hat sie sehr gut vorbereitet.

Es ist ein verhangener Morgen, als sie Ikom verlassen, genau vier Wochen, nachdem Adela im über 1000 km weit entfernten Meko die Zwillinge geboren hat. Es ist 1789, es gibt keine ausgebauten Straßen. Das Land ist Regenwald, besiedelt in versteckten Dörfern. Sie werden durch Igboland über Arochukwu und Abakaliki, Asaba und Agbor kommen. Dann in das Land der Edo, durch Benin und von Benin über Ore nach Shagamu, wo das Land der Yoruba beginnt, und sie werden dann eine Art Nachhausekommen verspüren. Nach Shagamu werden sie auf dem Weg nach Ibadan sein und werden vorher noch das Land der Egba Yoruba durchqueren. Und dann wird jeder Schritt sie nach Hause bringen, in ihre verschiedenen Richtungen. Dann wird es Abschiednehmen heißen. Aber bis dahin brauchen sie jede Art von Hilfe und Gottes Segen und Beistand, um die Strecke zu schaffen. Monate, wenn nicht Jahre werden sie unterwegs sein.

Zwei Männer machen sich auf den Weg.

Ende

Schauplätze

An Land

Der Zeitrahmen der Handlung beginnt 1788. König Adahoonzou regierte Dahomey von 1774 -1789. Während dieser Zeit gab es überall Sklavenjagden in den benachbarten Königreichen der Yoruba und auch in kleineren Königreichen in Dahomey, wie z. B. Alladah und Popo. Der König von Dahomey stand unter starkem finanziellen Druck. Durch verlorene Kriege war der Zwang der Abgaben an das große Yoruba Kö-nigreich Oyo drückend. Sklaven waren das wichtigste Handelsgut und Dahomeys König Adahoonzou suchte nach neuen Gebieten, um Menschen zu fangen und zu verkaufen und so seine Finanzen aufzubessern. So kam es zur Attacke auf das Königreich Ketu. Weil sie es nicht einnehmen konnten, zerstörten die Soldaten von Dahomey 1789 das Dorf Iwoye beinahe vollständig.

Diese schrecklichen Ereignisse geschahen im heutigen Westnigeria und im benachbarten Staat Benin. Diese Staaten gab es so damals nicht. Sie wurden in der Kolonialzeit auf der Konferenz in Berlin 1884/5 künstlich erzeugt. Im November 1884 lud Reichskanzler Otto von Bismarck Diplomaten, Juristen und Geografen aus 14 Ländern zur sogenannten Kongokonferenz nach Berlin ein. Fünf Monate verhandelten diese über den afrikanischen Kontinent, über Ländergrenzen und Einflusssphären, ohne einen einzigen Afrikaner an den Verhandlungen zu beteiligen.

Zur Zeit dieser Geschichte gab es viele Königreiche von verschiedenen Ethnien, z. B. das Reich Songhai im heutigen Mali, das Reich Ghana, das Hausa Reich Bornu im heutigen Nordnigeria sowie viele andere, kleine und große Reiche der Yoruba und anderer Völker. Mit über 16 Millionen Menschen sind die Yoruba eines der größten Völker des heutigen Nigeria und in der ganzen Welt zu Hause. Die Yoruba sind mit ihren Königen, Oba genannt, traditionell feudalistisch organisiert. Je nach Größe des Reiches liegen die Machtverhältnisse unterschiedlich.

Das erwähnte Königreich Oyo war groß und mächtig. Durch die enormen steuerlichen Auflagen beherrschte es sogar den Nachbarstaat Dahomey. Ein anderes Reich war Ketu, ein Schauplatz vieler Kriege. Die oben erwähnte willkürliche Grenzziehung teilte Ketu, so dass ein Teil im heutigen Benin liegt, der andere im heutigen Westnigeria. Der Mittelpunkt war die Stadt Ketu. Eine wichtige Rolle spielte das Nachbardorf Iwoye. Wie oben erwäht, wurde es im hier geschilderten Krieg beinahe vollständig zerstört. Ich erzähle es so, wie es in der Literatur belegt ist.

Da der Angriff der Soldaten aus Dahomey nicht mit einem Sieg über Ketu endete, griffen sie das Dorf Iwoye an. Schon beim Angriff auf Ketu hatten sie viele Krieger gefangen, und nun fingen sie noch mehr Menschen in Iwoye. Sie brachten sie nach Dahomey, machten sie zu Sklavenarbeitern und hielten sie in Lagern gefangen. Von dort wurden sie zur Küste gebracht, in die Häfen Porto Novo und Badagry, und dort als Sklaven an Händler verkauft. In Badagry sieht man heute noch den Sklavenmarkt und Kettenteile. Nachdem sich der König in seine Hauptstadt Abomey zurückgezogen hatte, starb er. Nach dieser Schlacht dauerte es fast einhundert Jahre, bevor das Königreich Ketu erneut attackiert wurde.

Auf See

Sklavenschiff

Schon seit Tagen dümpelt das Sklavenschiff „Ruby"
in der Bucht von Benin. Es kommt aus Bristol in Eng-
land und ist auf dem Weg nach Fernando Poo. Gnadenlos
brennt die Sonne auf das Deck. Der Kommandeur ist
ein brutaler Menschenquäler, die Sklaven werden mit der
„neunschwänzigen Katze", einer notorischen Peitsche,
geschlagen. Viele sterben an den Verletzungen, andere
schaffen es, über Bord zu springen, in den sicheren Tod.
Besondere Freude zieht er daraus, den Koch zu zwingen,
Küchenschaben herunterzuschlucken. Es geht so weit,
dass der Koch lieber geschlagen werden will, als dieses
Ungeziefer zu schlucken. Solche Kommandeure und Ka-
pitäne, die die Sklavenschiffe kommandierten, waren oft
der Abschaum der Menschheit. Es schien sogar, dass dieser Handel besonders Sadisten anzog. Sehr oft quälten sie
auch die eigene Crew, wenn die Sklaven sich auflehnten
und meuterten. Es kam dazu, dass es schwierig wurde,
Seeleute zu finden, die diese langen Reisen mitmachten,
die oft über ein Jahr dauerten. Außerdem war die Krank-
heits- und Todesrate bei der Besatzung sowie bei der Skla-
venfracht sehr hoch. Ein bekanntes Lied aus dieser Zeit
ging so:

Beware and take care
of the Bight of Benin
There's one comes out for forty go in.

Fryer, Peter, Staying Power, 1984, S. 54 ff.)

Wie durch ein Wunder überlebt Olufemi diese Reise des
Grauens und landet auf der Insel Fernando Poo[45]. Der
englische Kapitän übergibt die Sklaven an einen spani-
schen[46] Offiziellen. Die Sklaven werden in ihren Fesseln
zu Fuß auf den Weg geschickt, in eines der vielen Arbeits-
lager in den Kakaoplantagen, die sich entlang der Küste

der Insel ziehen. Olufemi wird auf der Kakaoplantage
Alenxa in einer westlichen Bucht zur Arbeit gezwungen,
andere kommen auf die Plantagen Campman, A. Bibia-
no, Samuel, Bull, Willem, Sanko. Es gibt genug.[47]

Anhang

Das Ereignis der Sonnenfinsternis (1778) und der Tod
des Elefanten wurde von den Menschen damals als ein
Zeichen der Macht des Königs Akebioru von Ketu in-
terpretiert. Er hatte das Land sehr gut auf diesen Krieg
vorbereitet. Das Arsenal und die Armee hatte er geplant.
Nach dem Glauben des Volkes war er es, der die Sonne verschleierte, um die Gegner in die Flucht zu schlagen. Im selben Jahr starb König Tegbesu von Dahomey,
es folgte König Kpengla. Die Geschichte spielt im Dorf
Iwoye, das dicht bei Ketu liegt. Die Menschen aus dem
Dorf und Ketu gehören zusammen. Der Dorfälteste ist
in Iwoye der Baale, auch ein König, aber dem König von
Ketu unterstellt.

Ab 1795 regiert in Ketu König Ajibolu, bis 1816. Unter ihm wollen sich viele Dörfer und Orte abspalten.
Es folgen harte Zeiten für diese Gegend. Die kriegerischen Auseinandersetzungen nehmen zu. Sie finden statt
zwischen den Nachbarvölkern Fon und Ewe, die im heutigen Benin leben. Auch die verschiedenen Königreiche
der Yoruba bekriegen sich regelmäßig. Es geht um Land-
dispute, königliche Machtansprüche.

Das große Königreich Oyo zwingt Dahomey zu hohen
Tributzahlungen, um zu verhindern, dass König Kpengla
weitere Teile des Yorubalandes vereinnahmt.

Glossar

Baale: ein Dorfoberhaupt

Babalawo: Priester des Ifa Orakels, Diener des Gottes Orunmila

Kalebasse: Gefäß aus Kürbis geschnitzt

Kassava: Wurzelgemüse

Kolanuss: Rituelle Nuss, wird bei wichtigen Gelegenheiten gebrochen und verteilt

Mallam: Herr in der Haussa Sprache; Religiöser Lehrer

Mami Water: Göttin der Gewässer auf Erden

Odabo: Auf Wiedersehen in der Yoruba Sprache

Oludumare: (Eledumare) Höchster Gott

Orunmila: Gott des Orakels

Osun: Göttin des Flusses Osun und Helferin von Schwangeren oder Frauen, die sich Kinder wünschen; Vertraute von Frauen

Oya: Göttin für Frauenangelegenheiten, auch Verlust von Schmuck, der mit ihrer Hilfe wiedergefunden werden kann

Yam: grosses Wurzelgemüse dass vielfältig zubereitet wird, gekocht, gebraten, gerieben, um damit Fufu zu machen

Legende

[1] Ifa ist das heilige Prinzip des „Sich-vorwärts-wie rückwärts-Erinnerns", des Hellsehens und Wahrsagens, von dem Aristoteles sagt es sei eine angeborene Fähigkeit der Seele. Ifa operiert mit dieser angeborenen Fähigkeit eine meta-algebraische Formenwelt, die sich im poetischen Korpus von Odu Ifa in 4096 symbolgeladenen Gedichten manifestiert. Durch das Opon bzw. Orakelbrett, was die Welt mit ihren 4 Himmelsrichtungen symbolisiert, werden die im Kosmos wirkenden Kräfte an das Tageslicht gebracht. Die Lehren von Orunmila sind bekannt unter Odu Ifa (Orakeltext) und haben 256 Kapitel. Diese Lehren sind heilige Schrifttexte, die mündlich über Generationen von Babalawos weitererzählt wurden.

[2] Gott des Orakels

[3] Oya: Göttin für Frauenangelegenheiten, auch Verlust von Schmuck, der mit ihrer Hilfe wiedergefunden werden kann

[4] Yoruba Sprichwort

[5] Höchster Gott der Ifa Religion der Yoruba

[6] Eiweißhaltiges Cassavapulver für den Morgenbrei

[7] Auf Wiedersehen

[8] Flussgöttin

[9] Yoruba Gott des Gewitters, man sagt seinen Namen möglichst nicht laut

[10] Parrinder, E.G., The Story of Ketu, S.41 ff

[11] Elefant

[12] Sonne

[13] Die Sonnenfinsternis am 6. Juni 1788 ist in der Literatur belegt.

[14] Wovon wir jetzt gelesen haben, ist die knappe Beschreibung einer Sklavenjagd, wie sie unzählige Ma-le in vielen Varianten ausgeführt wurden. Von Portugiesen in der Stadt Ketu und Umgebung im früheren Dahomey, heute Republik Benin. Die Städte wurden niedergebrannt. Die Gefangenen an die Küste gebracht. Von dort zu den Häfen Porto Novo und Ouidah in Dahomey (heute Republik Benin) und Badagry und Eko (heute Lagos) in Nigeria. Auch auf die Inseln Fernando Po

(heute Bioko) und Sao Tomé. Dort gab es Zuckerplantagen, auf denen die Menschen brutalisiert und zur Arbeit gezwungen wurden. Auch wurden Sklaven direkt nach Brasilien, in die Karibik und Nordamerika verschleppt. Familientrennungen waren an der Tagesordnung.

15 Was für ein Unglück

16 Freie Nachdichtung von Yoruba Liederstrophen, die bei Sterben und Tod gesungen werden.

17 Yoruba für Europäer, heute auch für Asiaten und Amerikaner afrikanischer Abstammung.

18 Guten Morgen!

19 Gruß an jemanden, der arbeitet, eine Wertschätzung der Arbeit

20 Komm, komm!

21 Gari ist Kassavawurzel, Isu ist Yam, Efo ist grünes Blattgemüse, Ewa sind Bohnen

22 Aso Oke = handgewebter wertvoller Stoff in vielen Farben. Dient traditionell als Geschenk zur Brautwerbung. Für Imade ist der Schal zur Anerkennung, sie zieht jetzt erstmal fort.

23 Yoruba für Esel

24 In der Gegend von Brass, im heutigen Niger Delta, wurden solche Schlangen von Königen respektiert und verehrt. Es hieß, dass sie zu den Schutzgöttern der betreffenden Gemeinden gehörten. Unter der britischen Kolonialherrschaft schlossen die Engländer Verträge mit den Königen von Brass, daß solche Schlangen unantastbar seien. (Philip D. Curtin, Africa Remembered, Madison, Wisconsin, 1967, S. 81)

25 Die sprechenden Trommeln vieler afrikanischer Völker wurden zur Vermittlung von Neuigkeiten und Ereignissen verbreitet. Sie tönten über kilometerlange Strecken. So informierten sich die Menschen. Es gibt Berichte von verschleppten Sklaven auf manchen karibischen Inseln, z. B. Barbados, Haiti, Jamaica, wo die Sklaven sich mit Trommeln verständigten, um Aufstände zu planen, um sich von der Sklaverei zu befreien.

26 Ekundayo: Weinen wird Freude sein. Adewale nach Olufemis Freund.

27 Gott in der Yorubasprache – Herr der Himmel (Owner of the Heavens).

28 Ifa – Yoruba Religion und Orakel

29 Bürgermeister eines Dorfes oder einer Stadt, wörtlich „Besitzer des Bodens", „owner of the land", was nicht bedeutet, dass er das Land besitzt, sondern über es regiert und und über die, die darauf leben.

[30] wörtlich: „you meet us well"; Grußformel, wenn man jemanden besucht und ihn beim Essen antrifft, was ja ein Segen ist, man hat zu essen.

[31] Agidi ist in Blätter gewickelter, über Wasserdampf gedämpfter weißer Maisbrei, der wegen seines neutralen Geschmacks mit Moyin Moyin gegessen wird. Moyin Moyin ist in Blätter gewickelter, in Wasserdampf gekochter Bohnenbrei, gewürzt mit Salz und Pfeffer fürs Frühstück. Heute ist es ein beliebtes Partyessen und enthält gekochte Eier, Fisch und anderes in der Mitte. Durch das Einwickeln in Blätter entstehen größere ovale wie Kuchen geformte Portionen.

[32] In den Altersgruppen (age groups) werden Jungen und Mädchen getrennt unterrichtet über die Dinge, die zum Leben notwendig sind.

[33] Oluwasegun: Gott gewinnt

[34] E ku se ist der Gruss für diejenigen, die gerade arbeiten, hier Mama Serafina, die das Frühstück zubereitet.

[35] Aso-ebi ist eine Kleidung für Familien. Alle tragen denselben Stoff bei großen Anlässen wie Hochzeiten, Beerdigungen, Geburt etc. Da die Familien so weitläufig sind, macht es viel Arbeit, so viel Stoff bereitzustellen.

[36] Oshun, die Yoruba Göttin des Wassers von Flüssen, Strömen, Bächen, ist für ihre Liebe zu schönen Dingen bekannt. Sie liebt es, sich zu schmücken, ganz besonders in den Farben Gold und Gelb. Bei den für sie an Wasserplätzen gefeierten Ritualen wird sie mit Honig und (heute) mit Kupferpfennigen geehrt. Ihre Halskette aus Kaurimuscheln symbolisiert ihr großes Wissen und ihre Kraft als Göttin der Weissagung.

[37] Traditionelle Anrufung der Göttin Oshun

[38] Segenswünsche zum Jahreswechsel

[39] Abeti Aja – „wie die Ohren eines Hundes", Kappe, die zwei Zipfel hat, die herabhängenden Hundeohren ähneln.

[40] Anruf des Königs, hier des höchsten im Dorf, des Baale

[41] Trommel

[42] Die Yoruba glauben, dass der eine Zwilling (Kehinde) den ersten (Taiwo) vorschickt, um zu testen, ob es sich lohnt, auf diese Welt zu kommen. Der Schrei soll die Mitteilung sein. Alle Zwillinge heißen Taiwo und Kehinde, es sind die vom Himmel gegebenen Namen. Beliebige andere Namen können hinzugegeben werden, in diesem Fall

Ekundayo, wie mit Olufemi verabredet, und Adedotun, sie nennt das Kind nach ihrer Mutter. Die Namengebung erfolgt nach den Umständen der Familie in der Zeit der Geburt. Eigentlich sollte der Großvater Adelas die Namen geben. Auf jeden Fall ein älteres Familienmitglied. Zwillinge haben schon Namen, „die der Himmel gibt", sie werden mit diesen Namen geboren. Andere Namen können hinzugefügt werden, wie hier.

[43] Adedotun = Krone wird ganz neu

[44] Der Gott des Efik Volkes, vergleichbar mit Eledumare der Yoruba.

[45] Heute Bioko

[46] Spanier regieren am Ende des 18. Jahrhunderts die Insel

[47] Sundiata, Ibrahim K., From Slaving to Neoslavery, 1996

Literaturverzeichnis

Alpern, Stanley B., Amazons of Black Sparta, London, 1998
Curtin, Philip D., Africa Remembered, Madison, Wisconsin, 1967
Dalzel, A., The History of Dahomey, London, M.DCC.XCIII.
Davidson, Basil, Urzeit und Geschichte Afrikas, Reinbek, 1961
Fryer, Peter, Staying Power, London, 1989
Gates, Henry Louis, Jr., The Classic Slave Narratives, New York, 2002
Herskovits, Melville J., Dahomey. New York, 1938. (2 vols.)
Johnson, S., History of the Yorubas, Lagos, 1973
Lawal, S., Sadiku, M., Dopamu, P., Understanding Yoruba Life & Culture, Trenton, 2004
Morrison, T. „The Pain of Being Black" Time, May 22, 1989
Opoku, Kofi Asare, West African Traditional Religion, Legon, 1978
Parrinder, E.G., The Story of Ketu, Ibadan, 1967
Smith, Robert S., Kingdoms of the Yoruba, Wisconsin, 1988
Sundiata, Ibrahim K., From Slaving to Neoslavery, Madison, Wisconsin, 1996
http://www.njas.helsinki.fi/pdf-files/vol16num1/asakitipki_aretha.pdf
http://www.arte.tv/de/1885-der-sturm-auf-afrika-ein-kontinent-wird-geteilt/3690440,CmC=3687488.html

Die Autorin

Gerwine Ogbuagu hat seit ihrer Schulzeit zuerst kleine Geschichten, viele Briefe und Tagebücher geschrieben. Schon damals wollte sie Autorin werden. Sie ist in Hamburg aufgewachsen und lebt heute mit ihrer Familie im Rhein-Main Gebiet.

Lange lebte sie in Lagos, Nigeria, und arbeitete zuerst beim Goethe-Institut in der Bibliothek und als Sekretärin und danach bei der Deutschen Lufthansa Westafrika. In der Deutschabteilung bei Radio Nigeria las sie die Nachtnachrichten und übersetzte Märchen und Hörspiele.

1996 gründete sie den Verein „Waisenkinderhilfe Nigeria Direkt e.V." Der Verein ermöglicht Waisenkindern und armen Kindern in Nigeria die Sicherstellung der täglichen Ernährung und eine Schulbildung bis hin zum Universitätsabschluss. Nach ihrer Rückkehr nach Deutschland mit ihrer Familie studierte sie neben ihrer Arbeit Anglistik, Amerikanistik und Soziologie. Als Aushilfslehrerin unterrichtet sie Deutsch und Englisch und gibt Kurse in „Kreatives Schreiben" auf Anfrage.

Ihre Kurzgeschichten wurden u.a. in Weihnachtsanthologien im Rowohlt Verlag veröffentlicht. 2011 kam ihr erster historischer Roman „Aminas Welt" im Uniscripta Verlag heraus. Die Geschichte spielt vor dem Hintergrund des Dreißigjährigen Krieges in Seligenstadt am Main.

„Lichtläufer" ist ihr zweiter Roman. Die einschneidenden Veränderungen durch Kriege, Versklavung und Kolonisierung im Leben der Menschen in Westafrika vor 227 Jahren sind das Thema.

Danksagung

Am Ende angekommen, bleibt mir nun, so Vielen zu danken. Es ist nicht einfach, allen, die an mich glauben, angemessen zu danken und sie zu erwähnen.

Ich bin zutiefst überzeugt, dass es der Himmel ist, der mich mit Franziska Röchter zusammengebracht hat. Sie hat sich als eine wunderbar einfühlsame und kreative Verlegerin gezeigt und ich werde ihr immer dankbar sein für ihre guten Ideen und ihre Geduld.

Den Mitgliedern des Internationalen Lesecafés in Rodgau danke ich für ihr Interesse an meiner Geschichte. Sie haben mich mehrfach zu Lesungen eingeladen, während ich noch am Manuskript arbeitete.

Ich möchte ausdrücklich darauf hinweisen, dass etwaige Fehler nur von mir stammen. Ich habe die Hintergrundinformationen zu meiner Geschichte recherchiert, um die Yoruba und Efik Kultur authentisch herüberzubringen. Mein jahrelanger Aufenthalt in Nigeria und alle folgenden Reisen haben mir unzählige Inspirationen und Hinweise durch Gespräche geben können.

Meinem Mann Nkwachukwu danke ich für seine nie nachlassende Unterstützung und all die Liebe und Inspiration, die er in mein Leben bringt.

Gerwine Ogbuagu

Drube, Yves / Rodríguez, Luduing
poesía del paraíso infernal
poemas y fotografía de la república dominicana
978-3-943292-05-3, chiliverlag 2013, EUR 11,90

Dieser wunderschöne Fotoband auf hochwertigem Papier dokumentiert eine andere **Dominikanische Republik**, als wir sie aus Touristenkatalogen kennen. **Yves Drube** inszeniert und zelebriert Menschen des täglichen Lebens in aussagekräftigen Szenerien und erhebt sie allesamt zum Mittelpunkt seiner Fotokunst. Diese zeigt trotz gesellschaftlicher Schattenseiten die innere und äußere Schönheit der dominkanischen Menschen und der Natur.

Luduing Rodríguez dichtet gegen Ungerechtigkeit, Ungleichbehandlung und Missachtung der Menschenwürde an. Seine eindringlichen und aufrührerischen Verse richten sich u.a. an die dominkanische Frau und geben ihr Rückendeckung und Schützenhilfe im Bestreben nach sozialer Anerkennung. Gleichzeitig sind besonders seine Liebesgedichte von schlichter Schönheit und ergreifender Melancholie.